푸른사상
시선

121

격렬한 대화

강태승 시집

푸른사상
PRUNSASANG

푸른사상 시선 121

격렬한 대화

인쇄 · 2020년 3월 15일 | 발행 · 2020년 3월 20일

지은이 · 강태승
펴낸이 · 한봉숙
펴낸곳 · 푸른사상사

주간 · 맹문재 | 편집 · 지순이, 김수란 | 마케팅 · 김두천
등록 · 1999년 7월 8일 제2－2876호
주소 · 경기도 파주시 회동길 337－16(서패동 470－6) 푸른사상사
대표전화 · 031) 955－9111(2) | 팩시밀리 · 031) 955－9114
이메일 · prun21c@hanmail.net /prunsasang@naver.com
홈페이지 · http://www.prun21c.com

ISBN 979－11－308－1598－5   03810
값 9,000원

푸른사상 시선 121

격렬한 대화

40여 년 시를 쓴다고 애를 썼어도
언제나 부족한 글을 만나는 것은
한사코 괴로운 일이기도 하지만
고슴도치도 제 자식 귀여워하듯
여러 부족한 시, 세상에 내보는
안타까움과 부끄러움 가득하지만
그래도 풀씨 되어 날아다니다
누군가의 창가에선 한 송이 꽃으로
자라길 바라는 소망, 또한 빌어봅니다.

2020년 봄
강태승

| 차례 |

■ 시인의 말

제1부

제3부

제4부

제1부

뱀의 대화법

개구리가 반항하였지만 숨이 먼저 뱀의 바닥으로 도착하
였다
숨 떠나간 개구리를 삼키지만 이미 식어버려 서늘해지
는 목
굳어버린 개구리 자세가 오히려 좋은 깊이로 음각되었다

앞다리 뒷다리 모서리질수록 선명해지는 개구리가 좋았다
숨과 몸을 따로 삼키는 기술 어색해 보이는 대화법이지만
사자처럼 찢지 않고 통째로 넣기에 상처 없이 받아들인 말,

움직일 때마다 비늘로 반짝였다 뱀의 중심에서 녹아
토씨 하나 없이 뱀이 된 개구리가 뒷다리로 툭툭 치면
뱀은 날름거리는 반대로 개구리를 허물로 벗고 말았다

뻥 뚫린 개구리들은 그때 개구리가 다가오는 것으로 알고
여름의 이마에 풀쩍 올라 옆구리를 햇빛으로 데우다가
뱀의 소재 되었다는 소문 공공연한 논둑 밭둑으로 피었다.

격렬한 대화

사자가 목을 물자 네 발로 허공을 걸어가는 물소
물소의 눈빛 추억 이념 가족의 근황은 묻지 않고
뱃속에 저장된 수만 송이 꽃과 풀잎 속의 햇빛
달빛의 무게에 춘하추동 화인(火印)은 보지 않고,

사자는 물소의 목숨에 이빨을 박고 매달렸다
단지 배고플 뿐이고 고픈 이전으로 가야 한다
목숨이 아니라 부른 배이고 싶다는 사자와
네가 문 것은 아들이 기다리는 어미의 목이라는,

풍경을 경치로 저물고 있는 세렝게티
침묵 이전의 이전으로 가라앉고 있는 벌판
무슨 대화가 노을이 배경으로 깔리고 서늘한가
죽어야 하는 살아야 하는 시간이 저리 아늑한가

물소는 제 몸을 버리고 아들에게 돌아갔다
소가 던지고 간 고기로 배고픔을 잊은 사자
물소와 끝내 한마디 대화하지 못하고

사자에게 끝끝내 한마디 건네지 못한 하루가,

물소의 뼈만 벌판에 남긴 채 어두워지기 시작하는
강둑에선 하마를 질문하듯이 물어뜯는 하이에나
정답인 양 남은 코끼리의 뼈를 탐색하는 독수리
표범은 나무 위에서 발톱을 슬슬 긁고 있다.

선과 악의 결투?

햇빛이 비추자 말뚝에서 그림자가 걸어 나온다, 를
쫓겨났다 물러났다 밀려났다 등장했다 발견했다
그 낱말들이 서로 밀고 당기느라 야단법석이다
반은 맞고 반은 틀리고 반은 틀리고 반은 맞은,

아니면 전부 맞고 전부 틀린 전부 틀리면서 맞은
그림자가 길어지더라도 말뚝은 고요하다
짧아져도 가벼워지지 않는 말뚝에 매인 소를
풀면 말뚝은 단지 땅에 박혀 있는 나무,

그림자가 제 몸으로 다시 돌아오는 저녁이면
말뚝은 어디에 그림자를 간직하고 있을까, 라는
질문이 말뚝보다 깊이 어둠에 박히는 것이다
그 질문의 그림자도 어디에 숨었을까, 라는

말뚝을 품은 채 걸으면 그림자처럼 길어지는
따라오는 동행하는 멀어지는 말뚝의 힘
말뚝을 뽑으면 그림자도 뽑을 수 있을까, 라는

의문이 질문을 밀고 들어와 가지를 벋는다

꽃이 슬슬 피는 것은 새로운 말뚝이 되는 것
선은 악으로 악은 선으로 뽑혀지지 않는가, 라는
거대한 말뚝을 박으니 비로소 고요해지는 말뚝에
불을 붙이자 그림자가 돌아오다 모두 타버린다.

수면계좌

앰배서더호텔 은행나무에 노숙자 누웠다
뼛속까지 축축한 슬픔을 말리고 있다
사람 사이에서는 마르지 않는 것
사람에게선 마르지 않는 곳을 말리는 햇빛,

도끼날에 저항하다 나무가 쓰러지듯이
총 맞고 풀썩 꺼진 짐승처럼
길에 음각된 남자를
햇빛이 빈틈을 비집고 일일이 닦는다

바람이 내력을 읽고 있다
오랫동안 씻지 않아 쿰쿰한 냄새 나지만
나뭇잎을 핥듯 보석 비추듯이
함부로 찢겨진 가지를 일일이 들춘다

슬픔 다 가져가고 기쁨만 남았을 때
화롯불 불씨처럼 눈을 뜰 것이고
재를 털고 씩씩하게 직립할 것인데

수면계좌 남았는지 서두르지 않는 그를,

햇빛은 나무라거나 깨우지 않는다
까맣게 그을린 손톱 발톱까지
차별하지 않고 데우는 것이 감사한지
은행나무는 계좌가 마르지 않게 한다.

허물벗기

겨울 전에 나무는 이미 몸속에 폭설이 가득하다
무릎을 넘어 목이 턱턱 메도록 함박눈 쌓이자
할 수 없이 벌겋게 달아오르다가 옷자락 벗는다

정수리에 가득 찼을 때에 비로소 마지막 잎새를
놓는다 놓친다 몸속의 눈에 발목 푹푹 빠질수록
나무는 비로소 제 몸 소리를 듣는 귀가 열린다

함박눈이 가득 몰아칠수록 선명해지는 나이테에
나무는 싱싱해지는 침묵으로 겨울을 걸어간다
실한 진눈깨비 다녀가면 고독에 고인 생피가,

겨우내 나이테에 음각되면 낫과 도끼 다녀가도
무너지거나 흩어지지 않는 나무의 침묵은
설령 밑동을 베어도 쪼개지거나 깨지지 않는다

다만 나무 속에 내리는 눈을 나무와 같이 맞을 때
나무와 푹푹 빠지는 눈길을 걸어갈 때

나무 속에 내리는 눈을 나무 밖에서도 만날 수 있다

나무 밖에서 내리는 눈은 나무를 굳게 한다
나무 안에서 내리는 눈은 나무를 곧게 한다
마른 북풍이 시퍼럴수록 나무 안에 내리는 폭설,

마침내 침묵마저 벗을 때에 눈발이 그친다
나무는 그제야 조용해진 자기 자신을 발견하고
경칩을 건너뛰어 논둑밭둑으로 꽃을 펑펑 피운다.

눈물 또는 상처

함박눈이 모든 상처를 덮듯이 내리는 날
참나무를 톱으로 벤다 모든 눈물 닦듯이
폭설 내리는 오후 백 년 생 참나무를 벤다
참나무 베는데 모든 나무가 말이 없다
백 년 세월이 잘리는데 아무도 말이 없다
밑동 잘리는데도 도망치지 않는 나무,

비명 한마디 새어 나오지 않는다
울음과 눈물 한 방울 흘리지 않는다
제 몸 잘리고 있는데도 꿈꾸는 나무
톱질하는 소리 제 뼛속으로 울리는데도
제 뼈 잘리는 소리 제 몸속에 가득해도
참나무는 톱질을 결코 방해하지 않는다

커다란 상처엔 눈물도 나지 않는가
눈물 없는 상처는 이리 조용한가
눈이 내리듯이 나무는 끝내 쓰러진다
참나무가 제 몸 부러질 때 마지막 한 말

땅바닥에 떨어지기 전에 참새들이
폭설 속으로 날아오르는 하늘은 검다

물방울의 발설

백겁 천겁 돌아온 물방울이 잎사귀에 쉬고 있다
뒷동산 한 바퀴 돌고 온 것처럼 달려 있다
할머니가 사랑방 뜨락을 헛일 삼아 다녀오듯이
억겁의 억겁 걸어온 물방울
죽은 고라니의 눈썹 적시던 물방울이
아이의 눈망울로 바라보다가
볍씨 눈 뜨듯이 안녕? 병아리 몸짓으로 안녕?
육지를 밀고 강물 기름지게 하던 이력이
증명서도 없이 안녕? 한다
선과 악 음지와 양지였던 시절을
발설치 않고 지나가는 시간처럼 안녕?
살인자의 피 예수 부처 나이팅게일의
땀방울이었던 것이 거꾸로 매달린 채 안녕?
잎사귀 차별하지 않고
마련한 살림살이에 새소리 물소리 깃들었다
바람이 발목 담그니 툭 떨어지는
간결하지만 깨끗한 저항
솔잎은 한 방울 꾀려 이내빛에 슬쩍 얹은 웃음

오장(五臟)이 환하게 들여다보이지만
울타리 없어 찾을 수 없는 문
그 문 열고 햇빛이 들었어도 무게가 늘지 않고
천 개 달이 떠도 소란스럽지 않은 물방울이
천겁 만겁 여행을 했어도 햇순처럼 안녕?
다시 가야 할 억겁의 속으로
주춤거리거나 망설임 없이 무너지면서
내 눈과 찰나로 마주치자 안녕? 한다.

대화의 기원

독수리가 토끼의 과녁에 발톱을 넣었다
뻥 뚫리자 푸른 하늘이 출렁거렸다
나뭇잎들이 긴장하다가 나풀거렸고
부엉이는 저녁을 과녁으로 대신하였다
산토끼의 중심을 훼손한 것이
부엉이인가 바람인가 날씨인가

분분한 의견이 산비탈로 피었다
색다른 의견도 있었지만 한통속
발톱은 과거까지 움켜쥐고
토끼를 고깃덩이로 정리하였다
자작나무를 향해 뛰던 발목을 잃고
핏물을 뚝뚝 흘리는 토끼,

그림자가 대충 골짜기를 덮고 있다
냇물은 슬쩍슬쩍 뒤집혀 흐르고
처음인 척 그냥 그렇게 뜨는 샛별
토끼의 발목 눈매 살점이

독수리의 허파 심장으로 환원되어
다시 토끼의 간을 빼 먹을 때,

내 손톱 발톱도 잠시 가려웠거나
손목 발목으로 뱀이 날름거린 통증에
입술이 모서리로 실룩거리는 오후
토끼를 찢고 독수리 날아간 가지로
슬슬 놀러 오는 보름달,
잎사귀마다 물방울이 점점 굵어진다.

그루터기

그루터기에서 피가 솟고 있다
잘린 줄 모르고 피를 보내는 뿌리
햇빛 쨍쨍한데도 울컥울컥 솟는다
모가지 잘린 지 열흘 지났는데
뿌리는 하던 대로 하고 있다
소식 못 들은 척 보내고 있다

나무 쓰러질 때 온 산이 들은 것
안 들은 척 무턱대고 퍼 올린 피가
갈 데를 잃고 흙이 묻는다
소나기 지나고 햇빛에 몸을 말리면
환하던 세월이었지만
죽어도 죽은 줄 모르는 나무,

이파리 줄기 꽃 피워야 할 것이
수화도 없는 울음 쏟고 있다
죽은 자식에게 돈 부치듯이
살았다고 더운밥을 올리듯이

제 잘린 발목 잡고
어둠 속을 걸어가는 뿌리,

한 생애가 아직도 푸르게 남았다고
허공에 피를 붓는다
저승에 도착한 줄 모르고
아니 죽어도 죽지 않는 것이 있다며
끝내 죽을 수 없는 것이 있다며
이승을 적시고 있는 나무다.

허기의 꽃

눈물 빵에는 하늘의 살점이 있다
땀에 젖은 빵에는 분노가 있다
기쁨 슬픔 그리고 사랑 소망 있다
눈물 젖은 빵에만 있는 허기의 꽃

한 조각으로 점심을 때울 때
맹물만 마실 때 꽃을 마시고 있다
반찬으로 저녁을 채울 때에도
누구든 하늘을 뜯어 먹고 있다

그마저 없어 새벽 공기만 마실 때
버스가 뿜어대는 연기를 마실 때
나뭇잎 소리만 귀에 가득 찰 때는
하늘의 꽃을 통째로 먹고 있다

그때를 못 잊어 나는 가끔
허기의 허기 속으로 들어간다
몸이 진흙에 굴러다녔을 때에도

언제나 쓸쓸히 기다리고 있는 꽃,

이는 직각의 인간에게 마련된
하늘의 선물 또는 비서(秘書)
빌딩의 웃음이 옷자락에 묻어도
언제나 알몸으로 맞이하는 꽃이다.

그녀의 입술에는 뱀이 산다

뱀은 그녀의 입꼬리에 모여 산다
아무 일이 없을 때엔 한가하게
손끝 발끝에 둘둘 말려 있다가
그녀가 웃을 때엔 한꺼번에
입으로 모여드는 탓에
꼬리가 삐져나오는 입술이다

그녀가 함빡 웃어버리면 뱀이
입 밖으로 몰려나와 날름거린다
작은 뱀들은 그녀의 입가에서
떨어지지 않으려 하지만
배꼽을 쥐고 흔들리면
할 수 없이 쏟아지는 뱀,

그녀가 가장 아름다울 때는
입가로 뱀이 모여 있을 때다
눈꼬리에도 뱀이 몰려 있어
햇빛이 없어도 빛나는 눈동자

달빛 없어도 찬란한 목소리에
누구든 잎사귀 푸르러진다

입술에 한 마리도 없을 때는
검은 그림자에 갇혔을 때이지만
어쩌다 웃기만 하면
수천 마리를 주워 담아야 하는
수만 마리의 뱀을 감추느라
허리를 굽혀야 하는 그녀다.

버섯의 독서법

나무가 쓰러지자 조문하는 햇빛을 밀어내는
발소리 요란하더니 버섯이 해해 웃는다
바람은 쓰러트린 것이 미안한 듯 가지 흔드는
달빛만 가득한 골짜기는 여름이 막바지다

죽은 자의 말을 듣고 세상에 전하는 것은
주검에 남겨진 것을 읽고 조문하는 자에게
몸으로 보여주는 버섯으로 적막하지 않는 숲
주검만 찾아다니면서 속잎 들추어낸다고,

파리는 소문 퍼트리다 구더기를 생산하여
오장육부 먹어버리고 지렁이와 굼벵이도
피와 살점 마시고 뜯으며 막무가내 훼손하는
몸뚱이에 뱀이 혓바닥 날름거리는 날은,

진드기가 옮겨간 뒤 구름의 그림자가
개울 건너 죽은 자의 옷자락 더듬는 오후
버섯은 주검만 읽는 내재율의 독서법을

산 자에게 한 번도 밖으로 유출한 적이 없다

나무의 그림자를 묶어서 세우는 꽃버섯
노랑망태버섯은 주검에 묻힌 무량수를
샛노란 치마로 입고선 찬란하게 웃는
독서법은 저승에서도 파랗게 반짝인다.

죽음 굽기

고구마를 난로에 놓는다 고구마의
안이비설신의가 까매진다
뜨거워도 흔들리지 않는 자세
내장에 불이 회오리쳐도
시(屍)의 침묵으로 맞는다
뼈가 타는지 금세 번진다
주검이 구수하다면 미안해지는
한 생애가 백지로 정리되고
노루의 상처 난 데도 삭제되었다

아침마다 이슬 맺히면 햇빛에
시나브로 마르는 간지러움
소나기 우르르 달아난 산비탈
늦가을 끝에 꽃을 매단 슬기
무지개로 품은 고구마였다
겨울의 낌새가 군데군데 깔리고
시시각각 서릿발 군화 소리에
출입문 닫아버린 고구마를

죽었는지 젓가락으로 찔러본다

무어라 지껄이는 수증기를
통째로 넣고 우물거리지만
구수함이 자꾸 귀에 걸린다
죽음을 적당하게 구운 저녁
너도 난로에 얹힌 물건이라며
산 그림자가 개울을 건너오다
사지에 화두(話頭)를 심는다
앞산 뒷산의 윤곽 멀어질수록
저녁의 바다에 발목이 푹푹 빠졌다.

대관령에 사는 뱀

대관령에서 내려다보니 길이 아니라 뱀이다
사람들이 길을 내고 떠나간 뒤차보다
뱀 한 마리 잽싸게 대관령을 독차지하였다
개나리 진달래 피고 소나기 퍼부어도
자동차가 부딪혀 기름이 흘러도
꼼짝하지 않고 자리를 지켰다
한겨울 폭설이 내려 길이 지워지면
이젠 동면이나 하겠거니 잊었다
돌아보면 바퀴 자국 따라 비늘이
햇빛 달빛에 반짝거리는 것이다
이정표 세운다고 허리에 말뚝 박고
등짝에 교통 표시 해도 움직이지 않는
굴삭기가 치료한다며 내장 파헤치고
산불이 바람 타고 눈동자를 그을리면
오히려 더 깊이 음각하는 뱀,
쩍쩍 갈라지고 너덜너덜해져도
대관령인 이유가 있을 것이라며
산장에 차를 세우고 커피 마시는데

같은 뱀이 내 척추에도 사는지
좀처럼 일어나지지 않는 늦가을,
옻나무엔 수십 마리 사는지 바람 불 적마다
반짝이는 불꽃, 수만 마리 뱀이
제 몸 헐어 대관령을 낙엽으로 덮고 있다.

입속의 입 입속의 혀

입속에는 밑이 빠진 우물이 도사리고 있다
배가 침몰해도 상처 하나 없이 푸르른 바다
고래 문어 조개가 우글거려도 웃는 바다보다
깊은 입속을 독차지하고 있는 혀
혀 때문에 바다는 더 깊어지고 있다는
입 때문에 혀가 우거져 있다는 소문은
입속에 들어가면 혀의 길목마다 붙어 있고
혀 속에 들어가면 입의 담벼락마다 발견된다
입속에 혀가 있느냐 혀가 있어
입속의 하늘에 구름 끼고 별이 뜨고
소나기 우르르 달려가는지 궁금한 경우에
혀를 입 밖으로 내밀면 공통분모가 보인다
별 밖의 별이 뜨는 곳을 덮고 있는 혀가
어떻게 입 밖으로 나오는지
입 밖으로 나와도 모양이 변하지 않은 채
입속을 가득 채우는 혀를 들춰보면
개구리 가재 뱀이 인사를 한다
하이에나 늑대 호랑이의 발자국이 덤벼들고

전나무 잣나무 우거진 길을 지나면

진달래 개나리 그림자가 발목을 파고든다

다만 입술 꾹 다물고 있으면 수평선이

혓바닥 가운데로 눈금을 맞추다가 정지한다

몇 개의 은하가 숨겨져 있지만

한 입의 어금니에 물리는 어둠

입속에 비가 내리는 날엔 바깥에 눈이 쌓이고

눈보라가 이빨 사이로 불면 빗방울은

창문을 적시거나 핏자국을 지우는 시간,

시방 입속에는 시퍼런 칼이 외출 중이다.

무덤은 살아 있다

내 안에 수 세기 걸쳐 누군가 묻혀 있다
주검 묻힌 곳일수록 무성한 나무들처럼
머리 코 턱에 아침마다 풀이 자라난다
무덤 두드리듯이 머리를 두드리면
누군가 급하게 도망치는 소리
일어섰다 다시 넘어지는 소리,

저승길 돌아오다 발목을 잃었는지
몸뚱이 재(災)로 무너지고 말았는지
마루에서 머리통 굴러다니는 소리
소나기 지나간 컴컴한 바람 불면
빗방울 떨어지는 흉내를 내기도 한다
나무가 제 잎사귀로 발등을 덮듯이,

풀을 만지면 밖으로 저항하는 자
풀을 깎으면 다음날 반드시 다시
무덤임을 표시하는 자가 누군가 하고
세수하다 거울을 들여다보면
제 무덤을 관리하는 자가 마중 나온다
무덤 밖으로 나와 벌초하는 자와 마주친다.

제2부

낙화

김 시인은 신춘문예에 백 번 떨어졌다
장 시인은 삼백 번 떨어졌다 하고
최 시인은 웃으면서 오백 번 하면서
술잔을 돌리다가 한 잔 더 마신다

나는 속으로 천 번 떨어졌다고
하려다 문득 얼마나 무능하면!
핀잔 들을까 봐 가만히 웃으면서
연거푸 석 잔을 마시다가

에헤라 꽃이 많이 떨어졌으니
그만큼 열매도 맺히지 않을까
하고 말하고 싶었지만
저마다 타고난 시기에 꽃이 피고,

열매 맺는 것이 아닐까 하면서
다시 석 잔을 혼자서 마시니
뼛속마다 함빡 피었는지 볼이 붉다
아, 또 떨어질 꽃잎이 많아 좋구나!

복사꽃의 족보 읽기

산비탈 모퉁이에서 복사꽃 웃고 있다
오늘 이 아침 복사꽃을 피우기 위해
나무는 지난겨울 너머 천 년 전부터
아니 만 년 전부터 소나기와 햇빛을
눈보라와 비바람을 견디며 달려왔다

백악기 쥐라기 너머의 소식 적혀 있는
시생대 원생대 천둥 번개 발자국이
잎사귀와 줄기에 선명하게 찍혀 있다
태양이 지구를 처음 비추던 무게도
나무의 배경으로 깔려 있는 복사꽃,

한때 미루나무 소나무 잣나무로 크다가
버드나무 개나리 진달래로 웃다가
민들레 냉이 엉겅퀴이기도 했던
동네 밖 느티나무 바닷가 동백이었던
나무가 지금은 비로소 복사꽃을 피워,

나와 함께 봄비에 젖고 있는 것이다

수십억 겁의 세월을 견디며 살아와
넘어질지언정 쓰러지지 않고 일어나
가지마다 꽃잎을 환하게 달고서
내 안의 복사꽃과 마주친 잠깐의 시간,

이 순간을 위해 나무와 나는 달려와
나는 복사꽃으로 피고 싶은 생각
복사꽃은 내가 되어 한 편의 시를
붉게 간직하였다가 분분히 날리는
정녕코 눈부시게 부서지고 싶은 것이다.

밑줄 치기

내가 가볍고 어리석다고 느껴질 때
무능력하거나 빈껍데기로 보일 때
아무런 힘이 없어 단지 배고프거나
죽고만 싶어질 때 누워보아요
논두렁 밭두렁이 아니래도
양탄자 또는 값비싼 침대가 아닌
식은 방바닥이라도 누워보아요

아무런 의심과 생각 없이 단추 풀고
바닥에 몸을 뉘이는 순간
하늘과 땅 사이 나의 몸은
굵은 밑줄이 되고 말지요
꼭 읽어야 할 문장이 되지요
바람과 구름이 반드시 간직해야 할
책의 제목이 되지요

바닥에 눕고서야 생긴 봉분
나무도 쓰러지고서야 생전에 못 한

말들이 버섯으로 피어나는 숲
모든 건물은 밑줄에 기초를 박았고
모든 꽃도 바닥에 뿌리를 내리고
피어나는 여름의 하늘도
밑줄이 생겨난 뒤에 맑아지지요.

허기의 부활

아버지 돌아가자 십 년 묵은 도끼가 까맣다
삭정이도 자르지 못하여 숫돌에 갈아대자
다시 씩씩해진 눈매로 장작을 척척 뽀갠다
자꾸 갈아대자 호랑이 뒤따라 하이에나
구렁이 우글거리는 검불 너머 독수리 난다

바람도 슥슥 베인다 싱싱하게 살아난 입술
햇빛에 비추면 뱃속으로 혓바닥 날름거린다
허기가 돌아오자 송곳니 반짝이는 도끼
앞집 스무 살 그녀의 손톱에서 쏘다니는
허기가 도끼의 이빨에선 사납게 뛰지만,

내가 자루를 들고 하늘 높이 내려칠 때에야
마른 나무 썩은 밧줄도 맛나게 먹는 도끼에
손바닥을 가만히 대면 세렝게티의 허기가
내 오장육부를 밀고 들어와 녹슨 뼛속을
홍수 난 강물처럼 한바탕 놀다 가는 것인데,

대장간에서 불을 먹인 뒤 자루를 다시 박자

삼십 년 전 아버지가 무섭게 휘두르던 폭력
지금은 내 손으로 쥐고 목청껏 내려치자
부도수표도 척척 갈라지고 한숨과 가난도
한낱 장작이 되어 굴뚝 담벼락에 쌓이는 것이다.

마중

뼛속으로 곰팡이 파릇하게 피어나
점점 어두워지는 오장육부
청소하려는 술수로 산에 오르니
바람이 미래생 과거생을 흔든다
더 흔들려고 올라가자
땀을 흘린 만큼 비워지는 단전에
온몸이 너널너덜해지자
진흙이 빠졌는지 맑아지는 눈매,

산색을 발바닥까지 넣자
욕심이라고 툭툭 걷어차는 바람
산에 피신한 것으로 충분하니
구름은 어서 따르라고
잣나무는 빨리 가라 손짓한다
이정표처럼 웃는 산나리꽃
산속의 산으로 인도하는 산도라지
꾀꼬리는 맞은편에서 잔소리한다

서너 개의 능선을 넘으니

비로소 발목으로 차오르는 칠월
쉬었다 가라고 줄지어 선 참나무는
길을 가로막고 여름을 나부낀다
길 잃을까 간간이 지나는 햇빛
소나무 바위에서 대자로 눕자
쥐라기 젖 냄새 풍기며 쏟아지는 소나기
마중 나왔다고 얼굴을 흠뻑 적신다.

화두(話頭) 또는 화두(火頭)

나무들이 화두(話頭)를 화두(火頭)로 풀고 있다
일제히 한꺼번에 죽일 듯이 경쟁하듯이
달려오듯이 달아나듯이 피우고 있다
동서남북 함부로 피어도 부딪히지 않는
민들레 냉이 진달래 개나리 산수유
빈 데가 있으면 큰일 날 듯 설령 비었어도
빈 곳이 없어 보이도록 피는 화두(花頭)에,

가만히 눕자 하늘은 높고 구름 웃는다
참새도 풀었는지 하루 종일 날아오르는
능선을 독차지하고 허리를 푼 철쭉
저승에 묶인 것 없다며 웃는 할미꽃
교회와 절간의 종소리도 마주치지 않고
마을로 퍼지다가 사라지는 개울 건너
풀 것이 없는지 졸기만 하는 강아지,

제 살과 뼈를 찢고 터지는 화두(話頭)에
비명 또는 핏방울 하나 보이지 않고

생사가 단지 하나의 꽃으로 웃는

비가 내릴수록 싱싱해지는 화두(花頭)

바람이 흔들수록 푸르게 자지러지는

한 줄기 잘라 물병에 넣어도 피어나는

논두렁에 척, 꽂아도 솟아나는 화두(火頭)다.

눈보라

밖에는 죽어라 무너져라 눈이 내리고
찬바람이 빈틈으로 칼을 들이미는
너덜너덜한 신발들만 모인 식당
옆 탁자에서 한 사람은 명퇴자이고
한 사람은 명퇴하여 사업 중이고
한 사람은 명퇴 대상자라는데
펄펄 끓는 선짓국이다
처음엔 꽃송이를 주고받다가
말과 말 사이 핏물이 보이더니
칼을 쥔 것처럼 솔직한 손짓 발짓에
누룽지 까맣게 탄
이야기 내 술잔에 밴다
딸이 고3인데 명퇴하였다는
아들이 대학 2학년인데 명퇴금으로
조그만 사업을 하다가
사기당해 다시 취직했다는
노모가 암에 걸렸는데 명퇴 대상자라는
날고기가 안주로 배달된다

살점 떼어주는 것처럼 권하는 소주

어린 사람은 피처럼 받아 마신다

금세 꽃이 다 떨어졌는지

대화가 묵처럼 엉키고

컴컴한 데에 못질하는 소리

관(棺)뚜껑처럼 깔리는 눈꺼풀

이때다 하고 창문 후려지는 눈보라,

나이 든 사람이 소주잔을 중앙에 놓는다

다시 놓인 선짓국

나도 문제를 가로질러

막걸리를 사발에 부었다

눈보라가 팽팽하게 들이치다 도망가고

멀어지다가 죽은 듯이 펑펑 내린다.

무두불(無頭佛)

경주 남산에는 머리 없는 불상이 법을 설한다
천 년을 살았기에 만 년도 너끈히 살 수 있는
머리가 있어도 없어도 불(佛), 나비 날아들고
잠자리가 모가지에서 데굴데굴 굴리거나
살모사 날름거려도 자세를 고치지 않는다

참새 개구리 까마귀 앉아도 나무라지 않는
계절의 잎사귀가 쌓여도 뒤척이지 않는
머리를 누군가 치우고 허공을 얹어놓았다
해와 달이 앉으면 환해지는 삼라만상
별이 뜨면 불상은 아침까지 반짝인다

불개미와 송충이 발자국만 남기거나
이내빛 물들어도 내용이 변하지 않는다
시방은 가을이라 단풍이 불상의 머리
구름모니불 바람모니불 서릿발 솟은 목에
첫눈이 쌓이면 잠시 눈사람이 되는 불상,

머리 없으니 분노 슬픔 기쁨도 없겠다?

사대(四大)에서 버려져 산이 된 불두(佛頭)를

산영이 간직하려 하지만 검어지는 능선

으름 머루 솔방울 도토리도 불상이 되는

노루와 고라니도 즐거운 무두불이 지상에 산다.

걸레의 경전

아버지의 핏줄이 기억된 러닝셔츠
한때는 아버지와 동급이었지만
갈기갈기 구겨져 있다
일곱 식구 먹여 살리느라
아버지가 흘린 피와 땀을
제 몸속으로 새겼다가
아버지와 같은 체온으로 식을
때에는 아무도 대들지 못했다
어머니도 두 손으로 받들었지만
툭하면 고양이가 찢는다
방바닥에 떨어진 것들은
까맣다 잎사귀와 꽃잎도
바닥에 떨어지는 순간 흙냄새
발바닥들이 묻혀 온 소식과
기꺼이 하나가 된 걸레를
어머니가 빨랫줄에 널자,
아버지와 술에 취해
논밭을 갈던 때가 생각나는지

바람 불 적마다 맨 춤을 춘다

햇빛에 말라갈수록

자두나무 하얗고 개나리꽃은 샛노랗다.

찔레꽃

떠나간 자식들은 오지 않았다
바람이 딸처럼 드나들고
아들인 양 햇빛 달빛이 다녀갔고
찬 이슬 대야에 떨어지면
잎사귀만 주춤거리다 검어졌다

걷어차는 아버지의 모서리를
피하다가 청상이 된 어머니
아버지 이장하던 날
몽둥이로 봉분 두들기시곤
이십 년 동안 가지 않으셨는데,

팔십 고개부터는
그림자가 저녁마다 가잔단다
"이젠 아버지에게 가고 싶다"
가느다란 그림자를 몰래 잡으니
수수 떨어지는 마른 잎사귀,

그것은 아버지의 손짓이라고

우기면서 옷고름에 매 드리니

마른 콩잎보다 얇게 손사래 치는

어머니의 입가로

문득 육필(肉筆)로 피는 찔레꽃.

입관

겨울 오기 전에 나무들은 입관 서두르고 있다
여름내 감추었던 색동저고리 마침내 꺼내 입었다
봄에는 알몸 가려도 그림자마저 환해지는 옷
소나기 우르르 달려가면 싱싱하게 검어지는 여름
찬바람이 뒤집자 찬란하게 빛나는 수의
내게도 저런 수의가 마련되어 있나 돌아보지만,

단풍나무 아래 서자 덩달아 단청(丹靑) 되는 수의
입관을 마친 벗나무 밑에 누우니
갈참나무가 조사를 차곡차곡 덮고 덮는다
눈보라가 방을 쏘다니기 전에 입관하는 나무
수만 그루의 염을 한마디 새어 나오지 않고
울음 슬픔 따위는 아예 들키지 않는 나무를,

가만히 올려다보면 수녀처럼 간결한 자세다
읽으면 재만 남는 불의 독서법처럼
한 번 입관된 나무들은 찍어도 깨어나지 않고
톱으로 베어 아궁이에 던져도 눈 뜨지 않는다

입관이 마친 뒤에도 불씨는 늘 타고 있는지
아궁이에서 던지면 탁탁 터지는 오도송
굴뚝은 읽기 좋게 하얗게 풀어 허공에 세우자,

입관을 축하하는지 능선을 달려오는 폭설
아니면 참된 입관은 눈이 내려야 완성되는지
나무들은 고스란히 서서 눈을 받든다
폭설이 차오를수록 하나로 묶이는 숲
하나의 낱말로 정리하는 폭설의 매장,
내 뼛속에도 내리는지 단전이 점점 맑아진다.

폭설

술주정뱅이 아버지 쉰 고개 술로 넘다가
고혈압에 발목이 걸려 개망초에 묻혔다
개망초가 꿈에 흔들린다는 할머니
팔순 넘더니 뼛속에 폭설이 내리는지
아버지가 누구냐고 제삿날 물으셨다

사립문 찾지 못해 모셔오는 날이 많았다
봄이 오면 산마루 눈 녹고
새 울고 논두렁으로 물이 출렁였지만
할머니의 폭설은 시시각각 쌓이는지
민들레 냉이처럼 웃기만 하였다

구순(九旬)에는 온 천지가 눈이었는지
아니 온몸에 눈이 찬란했는지
할머니는 자꾸 보채기만 하여서
어머니는 눈을 치우다 육십 고개를 넘었다
어느 날 분통(粉桶) 비워드린 자정,

할머니가 불쑥 눈 속으로 가고 말았다

오늘도 그날처럼 내리고 있구나, 하는
어머니의 말씀을 들여다보니
어머니 마당에도 그 눈발이 날리고 있었다
군데군데 이미 눈이 쌓이고 있었다.

나비의 울음

겨울 저녁에 자동차가 묻지도 따지지도 않고
제 몸무게와 속도를 몸에 새길 때
뼈가 부러지면서 하얀 나비 날아올랐다
수백 마리의 나비가 왜 몸에서
날아갈까 의문이 노을에 채색될 때,

수만 마리의 개미가 물어뜯는지
푸른 통증이 장미꽃처럼 농훌 치는
아프다 아프다 하고 싶어도
나비들이 까만 상처만 남겨두고
자꾸 어디론지 날아가는 것이다

동지의 길바닥에 목숨이 깔려
쓸모없이 부서진 뼈를 줍는 시간
끝끝내 나를 사랑하지 않으면서
음각하려다 양각하고 만 슬픔이
일 년 내내 지지 않고 피는 병실,

일곱 번 수술하자 제자리 잡은 이목구비

퇴원하는 날 나비들이 함박눈으로
유리창에 마구 부딪힐 때
어머니의 아들 아들의 어머니로 웃자
나비들이 뒷덜미에서 소리 없이 자꾸 울었다.

햇빛의 조문

친구가 죽어 우르르 조문하고
나오는데 옆방은 조용하다 못해
상주마저 보이지 않아 몸을 기울여
들여다보니 늙은 노인 홀로
소주를 마시고 있다

국화꽃에서 할머니가 웃는다
아들딸이 있는지 없는지
알 수 없지만 늦은 오후 햇빛이
창문에서 가만히 내려와
향불 앞에서 조문하고 있다

조문하는 햇빛은 맨발이다
여름이라 꼭꼭 닫힌 창문인데
누군가 열어논 창문인지
햇빛이 창문을 열고 들어왔는지
사진을 햇빛이 더듬자,

국화꽃은 온몸이 환해진다

나도 열매가 없어 쓸쓸한데
저렇게 햇빛이 조문하러 오면
빈 그릇인들 서러울까
나중이거나 더러는 쓸쓸하지 않겠다.

묵정밭의 비밀

사람이 버린 화전(火田) 비로소 처음처럼 산다
가시나무 철쭉 진달래 자라니 되찾은 얼굴
산나물 돋는 눈동자 참나무로 짙푸른 눈썹
가을이면 붉은 입술 겨울이면 흰 손목과 발목,

콧구멍에 산도라지 귓구멍엔 개암나무
겨드랑이 살모사 정수리 까치집도 볼만하다
사람 떠나니 머루 다래 허리를 감고 돌아
오히려 줄 것이 많은 밭이다

다람쥐가 구멍을 팔수록 넉넉해지는 얼굴
산돼지 쏘다니면 저절로 생겨나는 우물
비로소 산 되어 더 많은 이야기 베푸는
산 그림자도 생겨나는 습습한 밭이 되었다

소나기 쏟아지면 잎사귀마다 굵어지는 손금
색동저고리 죄다 갈아입는 늦가을에
능선 타고 달려드는 첫눈은 가관이다

그것들 품었다가 봄 길에 풀어놓으면,

방죽으로 노랗게 피는 겨울 이야기
냉이는 이 애기 저 애기 툭하면 엎지른다
쥐라기 너머 원생대 바람도 생겨나는 밭,
그중 백악기 구름에는 지네가 살판났다.

대못

나무는 대못에 찔리고 책상이 되었다
차갑고 냉정한 못을 앞세운
망치의 발길질을
제 중심으로 받고서야
짐 되고 절도 되었다
어머니는 여섯 자식
여섯 대못을 가슴에 박고서
소슬한 한 채가 되었다

실한 대못은 똑바로 박혀
기둥 되고 서까래 되었지만
부실한 못은 바람 불 적마다
흔들려 망치질을 해야 했다
다른 곳에 박아도
자꾸만 흔들리고 녹스는 못에
어머니는 툭하면
녹물을 훔쳐야 했다.

제3부

저물녘 또는 저물역(驛)

저물녘은 저물역이다 종일 쟁기질하고
저물녘에 다다르면 저물역이다
저물역(驛)에 내려 발을 개울에 담그면
새롭게 마중하는 토끼풀 강아지풀,

멍에 벗기면 저절로 생기는 개찰구
역무원인 양 거드름 피우는 엉겅퀴
그러고 싶으면 그러라고 둔다
고마니 풀잎이 대신 내주는 차표를

바람이 가끔 툭툭 걷어찰 적마다
아니라고 흔들리는 이슬방울을
손등에 받으면 더 넓어지는 저물역
나무들도 제자리로 돌아간 산길,

개울 건너 소를 앞세워 논둑길 걸으면
어느새 소실(燒失)되는 저물역을
가슴 가운데로 두면 달맞이꽃이
신호등처럼 여기저기 마중 나온다.

손톱

눈으로 재고 육감으로 폭 넓히다가
그녀는 손톱으로 부욱 자른다
머릿속으로 굴리고 뒤통수 마름질하다
손톱으로 찔러 자신의 바구니에 담는다
누군가 주먹으로 전선을 형성하거나
입담으로 스크럼 짤 때에도
손톱으로 가위표 하면 이내, 잘리는 것이다
톱이다, 손톱은 그녀에게 예비된 방점
낱알 긁어모을 때도 적당한 것
풀을 뽑거나 남자 잡을 때에도
도망가지 못하게 하는 가장 견고한 곳,
칼을 쥐거나 음식 만들 때에도
할퀴거나 꼬집을 때에도
손톱이 톱, 그 뜻을 다 한다
손가락 발가락이 적당한 자리에
머무르게 한 것도 손톱 발톱이
웃자라는 싹 언제나 베고 있기 때문이다
안과 밖이 조용한 것과

몸이 풀어지지 않고

말뚝처럼 꼿꼿이 직립하는 것은

손톱이 자신도 늘 톱질하고 있기 때문이다

마음의 톱이 밖으로 나오다 멈춘 곳

욕설이 나가다가 붙잡힌 곳

분노 증오가 타협점을 찾은 곳

이해와 용서가 숯으로 굳어버려

덤으로 삽괭이가 잡히는 수평점

가장 바깥에 있는 사람의 혈(血)자리, 손톱.

통증의 미학

바람의 불법(不法)이 불법(佛法)인 양
모든 슬픔과 연민이 고통에 묶였다
부러진 뼈들이 붙는 동안
고통이 정면으로 집안을 비추면
화롯불 달아올라 다시 비 내리고
눈 익은 뒤뜰로 툭하면 보름달 떴다
크기를 알 수 없는 땀방울이
가지마다 흠뻑 맺히는 시간
핏줄이 환하게 돋는 나뭇잎
간결해진 저승의 무게에
구름조차 무거워져 별이 쏟아지면
고통은 한결 차가워져
바람을 가운데로 안았다 풀어주었다
슬픔 없는 날엔 슬프지도 않은
커다란 나무들이 쓰러지는
저수지 바닥으로 통증이 덜컥 걸렸다
불법(佛法)이 불법(不法)인 양
반성하기 쉽게 반짝이는 윤슬,

고깃배가 통증을 가로질러

보름달을 배경으로 돌아오다

고기만 건지고 꽃잎처럼 버려진 배를

통증의 힘으로 밀어내다 보면

가끔은 메꽃이 물가에서 웃었다.

석류의 즐거운 통증 읽기

금이 가고 통증이 커질수록 석류는 발견한다
두개골 터지고 오장이 보일수록 자신에게
노출되는 석류, 내장이 밖으로 쏟아지면
뼈를 보는 것이 즐거운지 붉거나 검어진다

살이 터지고 갈라질수록 핏줄을 발견하는
통증 커질수록 밖으로 걸리는 석류의 내재율
가을 깊어질수록 겨울이 양각되듯이
해가 저물수록 어둠은 깊게 싱싱해지듯이,

살을 뚫고 나오는 나,가 자신에게 발견되는
자기에게 찢어지고서야 통증이 환해지는
나에게 들키는 자신은 아름다워지는 선물
자신에게 발견되는 나,는 거룩해지는 시간,

석류는 자기를 만나고 싶어 자꾸 갈라진다
자신에게 발각되려 몸에 불을 지르는 석류의
쏟아진 자각의 살점이 땅바닥에 흥건하다

흙이 묻은 석류가 많을수록 맑아지는 눈매,

바람에게 붙잡힌 것은 바닥에서 식어간다
개울 건너 산에도 자신에게 들킨 뼛속의 뼈가
우르르 떨어지는 밤 도토리 머루 다래
머리 위로 푸른 하늘이 칭찬하듯 높은 계절이다.

장어

장어가 불의 힘으로 춤을 춘다
오장이 삭제된 다음
반으로 환하게 갈라진 뒤
뼛속으로 불이 휘몰아치자
멀쩡한 목숨으론 할 수 없었던
끝내 갈 수 없었던 불춤을 춘다
비로소 완성된 울음인지
물방울 노릇노릇 맺히고
불 속에 던져지고서야 비린내 없는
화두(火頭)가 한 입 물린다
다음 생애에 우리도
어느 생계의 폭력에 잡힌 뒤
환하게 갈라져 연탄불이
쏘다니면 불춤을 출 수 있을까
그땐 장어처럼 익을까
친구에게 질문을 따르지만
차가운 술만 돌아온다
눈이 답장인 양어깨에 쌓이고

연탄불에 투신하는 한두 송이
겨울은 쉽사리 물러나지 않고
군데군데 일찍 불이 피어나는
골목으로 바람의 눈매가 씽씽하다.

골절

자동차에 팔다리 부러지자 나뭇가지마다 마른 꽃이
눈처럼 날렸고 잎사귀는 짐승의 길목에 쌓였다
슬픔은 통증에 꺾였는지 길은 굴절되지 않고
거울에 선명하게 인화되어 가끔 한두 송이

이화 꽃이 가을 문지방에 날아들어 왔다
갈라진 데를 들여다보니 바다로 가는 길이
겨울에 당도한 후박나무 밑으로 나 있어
푸른 반성이 발바닥에서부터 늘 번지는 것에

낡아가는 어처구니 소금기 희게 달라붙었다
우물엔 달이 떴다 해와 마주치는 나날이 잦아져
무거운 양 자꾸 휘어지는 환상통에
더듬거리는 것은 단단해지는 연습이거나 선물,

앞이 보이지 않을 땐 서툴게 서성거리는
사석(死石)에 뱀이 숨으려다 개구리만 물었다
나방은 나뭇가지에 앉았다가 발바닥 빼앗겼다

비에 적시면 단절된 우듬지에 뜬 세월,

마주 보기 좋은 후유증으로 마중 나온다
엎질러진 목숨 마구 담다 보니 버려진 등짝이
나를 업고 개울을 건너가고 있다 스무 살 이후의
겨울은 꿈처럼 무너졌다 무너져야 폭설이 내렸다.

구두를 닦다

구두를 닦는다 칠할수록
단순해지는 검을수록 깨끗해지는
캄캄해지라고 불광 내면
달그림자같이 현현하다
거뭇거뭇해지니 웃음 배어난다
깊어지고서 바다 검듯이,

간결해진다 어두워짐으로
물방울처럼 웃는 저것
검정은 검은 것과 다르다고
달빛에 웃는 절집 지붕처럼
교묘해지는 구두,
더 까매지라고 닦는다

산처럼 어둑해지라고 닦는다
깊이를 잃은 무덤처럼
무게를 잊은 비석처럼
닦을 데 없이 깊어지라고

추수 끝난 들판에 눈 내리듯이
두서없이 닦는다

검정을 칠할수록 밝아지는
캄캄해질수록 하나가 되는
언저리가 넓어지는 구두
어두워질수록 반짝이는 별처럼
멀어질수록 가까워지는 슬픔처럼,
점점 구두가 반짝인다.

넙치가 사는 법

바닥에 엎드리면 햇빛에도 들키지 않는다
파도가 뒤집혀도 한결같이 부동
코도 베어가는 저 아수라에서
벗어나는 것은 바다와 일치하는 것
바닥 아래 바닥 없고 바닥 위에 바닥 없어
깨질 수도 깰 수도 없는 바닥에 누우면
아래로 휘어지는 것은 붉고 맑아,

소음 돌아가면 달랑 바닥만 남는다
등대가 지키는 외로운 바다를
덜거덕거리는 나룻배가 가끔 깨웠으나
바닥은 한 번도 일어난 적이 없다
늘 안전하게 죽어 있어
바닥난 주제에 바닥에 누워도
도망치지 않는 바닥으로 안전한 목숨,

차라리 바닥의 재료 되어버린 등짝
저승과 맞닿은 바닥에서 올려보면

해와 달도 평화롭게 시간을 달린다
이 섬 저 섬 사이로 쏘다니는 바람
끝끝내 움직이지 않는 바닥 때문이고
낮과 밤에도 쉬지 않고 정지하고 있어
넘치는 바닥의 무게와 같은 방향이다

종일 조개 줍던 강 씨, 엉덩이 툭툭 털고
인사 없이 가도 나무라지 않는 바다에
눈이 내린다 죽어 내린다 다시 내린다
눈이 어떻게 내리든지 가운데로 받는
외면하지 않고 자리를 나누는 내어주는
깊이가 없으면서 깊고 고요한 바다에서
넘치는 자신의 바닥을 내재율로 품는다.

생토의 비결

빌딩 허무니 생살이다 사십 층 폭력 받아낸 것은
단단한 모서리 아니고 물렁물렁한 생토다
부드러운 것이 모진 것 품었다 단단한 것들이
쓰러지지 않게 안으로 무게를 실어 날랐다

사십 층 허물고 물컹한 흙에 해바라기를 심자
피어나는 떡잎, 잡초들도 우르르 달려와
여름의 하늘에 얼굴을 적신다 걷자마자
눈물 보이지 않고 억만년이 해해거린다

빌딩이 찍어 누르고 캄캄하게 묶었어도
결코 다치거나 멍들지 않은 생토다 바위
아래에서도 찌그러들거나 구부러지지 않는
삽과 괭이로 수천 번 찔러도 상하지 않는,

나무를 키우거나 꽃을 피우던 것과 같은
뱀과 개구리 집과도 같은 내재율이다
오십 층 백 층 허물었을 때에도 바닥은

논두렁 밭두렁과 같은 질료의 웃음이었다

폭력을 맞지 않고 폭력을 뒤로 보내버린
폭력에 머물지 않고 폭력이 지나가버린 흙
여섯 자식만 보면 금세 꽃피는 어머니처럼
빌딩을 파내자 햅쌀 같은 생토 툭, 터졌다.

딱따구리의 독서법

산을 오르는데 경전 읽는 소리다
오리나무를 딱따구리가 파고 있다
머리 찍으며 읽는 독서법
읽은 낱말들이 바람에 날린다
머리로 찍어 읽은 것을 밖으로
버리는 신기한 기술,

구멍 넓히고 그 안에 들어가
행간과 낱말 틈새에
숨은 알맹이를 쪼아 먹는다
읽은 그 안에 몸을 담그거나
때로 새끼 치는 새의
구멍을 들여다보는 햇빛,

경전을 몸으로 파고 들어가
누운 적이 있는가
경전으로 몸을 데운 적이 있는가, 라는
질문이 질문을 물자

불꽃이 가지마다 타올라
통증이 몸속으로 환하게 퍼진다

봐도 알지 못할 것이라며
깊은 데를 대담하게 파고드는 딱따구리
끝끝내 모를 것이라며
마구 읽어대는 함부로 찍는
소리 멀어질수록
내 몸을 까맣게 파먹는 산이다.

무노동(無勞動) 유임금(有賃金)

여름내 사무실에 처박혔는데 가을이 왔다
나무마다 보람이 주렁주렁하다
아무 짓도 안 했는데 선물이 도착했다
놀기만 하였는데 통째로 배송된 추분
참말 이리저리 빈둥빈둥거렸는데
갈지자로 툭툭 차기만 했는데
뼈 빠지게 땀 흘린 김 씨 장 씨
멍에를 진 황소와 같은 무게로,

가을이 가운데로 척 배달되었다
전체가 단전에 덜컹 내려앉았다
무거워진 화두(話頭)에 저절로 숙인
들판을 바람이 덤인 양 흔들며 간다
손가락 하나 까닥하지 않았는데
개암 단단하고 검은 머루 붉은 밤
지리산 설악산 금강산도 좋지만
입안 가득 환하게 번지는 씀바귀,

골방에 처박혀 망상만 피웠는데

공상 상상에 병상에 누웠는데
수녀와 신부 하안거를 지낸 스님과
같은 크기의 가을을 올해도 받으니
저절로 피는 웃음 가늘어지는 허방
넘쳐나는 선물이 산비탈에 굴러도
다람쥐는 서둘러 줍지 않지만
햇빛의 끝자락은 한결같이 팽팽하다.

가난할 때는,

햇빛이 마루에 그득그득 쌓였는데 같은 햇빛인데도
미농지처럼 얇아 좀처럼 퍼 담을 수 없다
뒤주 떨어진 날 고구마 감자로 겨우 끼니를 때우면
부른 배 더 부르라고 오후의 햇빛이 마루를

데워주는 것에, 슬픔과 외로움도 그을리던 시절을
굳이 웃음으로 뒤집어 호박잎에 싸서 먹으면
다시 가난해져 고구마 감자만 한 사흘 먹다가
다시 사흘쯤 막걸리만 마시며 마루를 뒹굴고 싶다

수수 보리 조 무밥을 신 김치에 얹어 먹거나
아버지 어머니와 개떡으로 밭가에 둘러 얘기하면
목화 참깨 고추 콩 수수들이 한 소식 들으려고
몸을 뒤척이던 때가 엊그제처럼 버려져 있는 것,

어두워도 풀잎만 주섬주섬 뜯는 소의 궁뎅이를
툭 치면 싫은 듯 무거운 듯 게으르게 일어서는
개밥바라기가 웃는 듯 우는 듯이 반짝이거나

이래저래 가깝고도 먼 즐거운 가난한 한때를,

가깝지도 멀지도 않은 곳에서 바라보니
나도 풀섶의 풀로 햇빛이나 물었으면 하는 생각이
이미 식어버린 둥치에서 하나둘 피는 것들을
담뱃불처럼 비벼 꺼도 다시 새록새록 피는 것이다.

멍에

멍에를 늙은 소의 등에 메이고
써레질하며는 홍해 바다처럼
앞뒤가 환하게 갈라지다
높은 데를 낮게 낮은 데 높게 하다 보면
아랫도리 덩달아 간결해지다
슬픔과 기쁨도 같은 깊이로
밀려났다 다시 채워지는 논바닥으로
서툰 자세인 양 부는 바람,
소와 나는 단지 모내기일 뿐인데
종일 굳이 해야 할 일인데
하늘과 땅이 항상 내통하며
논바닥을 체온으로 데운다
써레질할수록 한 음으로 묶이는 논
아니 한 몸으로 비추는 구름,
애들처럼 개구리 울면
홍해를 밀듯 생을 밀며 앞서가는 소
시조새 울음 섞인 목소리로
신고산 타령이나 부르다가

땀에 전 몸 개울에 담그니
산다는 것과 살아야 한다는 낱말이
모래처럼 이빨 사이로 구르다가
ㄱ ㄴ ㄷ……으로 풀어져
금세 파랗게 떨리는 입술,
송사리가 종아리의 소름을 물자
핏줄마다 저절로 아프게 피는 웃음
초승달은
뒷산을 잊은 듯 쥐라기로 비추다.

소와 즐겁게 쟁기질하는 방법

풀잎마다 이슬방울, 소를 앞세우면 열리는 산길이다
앞도 뒤도 아닌 소와 동행하면 넓어지는 산길이다
개망초 강아지풀 토끼풀 슬슬 뜯는 늙은 소 때문에
구름 머뭇거리는 풍경으로 게을러지는 산길이다

담배 피고 멍에 메운 뒤 깊이도 아닌 얕게도 아니게
대면, 살 차오르는 이랑으로 까치가 벌레 잡는 밭이다
소가 칡넝쿨 호시탐탐 노리면 모르는 척 오줌이나 싸고
막걸리 마시고 참나무 그림자로 가슴 누르는 것은

우울을 개울물에 섞이도록 내버려둔다기보다
개울의 태양이 저승길도 비추도록 하는 요량이다
정오엔 숲으로 소를 풀어놓으면 멀리도 가깝지도
않은 데서, 되새김질 종일 하려는 수작으로 눕는 소

덩달아 낮잠 들면 산 그림자 앞서는 저녁이 쉽게 온다
진달래 피면 진달래 먹이고 머루 잎도 나누다 보면
계집애처럼 개울 나풀나풀 건너다니는 늦가을이

밭 가장자리로 어어 하는 사이 마른 발목을 보인다

눈 내리면 외양간에서 퍼질러 드러누운 소의 엉덩이
소일거리로 빗자루로 쓸어주면 주인인 양 눈을 감는 소
군자(君子)보다
우자(牛子)로 살고픈 생각이 들면 좋은 농사꾼이겠다.

같은 꼴 닮은 꽃

저것 봐 저것 좀 봐
내 몸속의 꽃과 같은 꽃이 피어나네
개나리 진달래 산수유 목련
개울로는 미나리 엉겅퀴 냉이
산으로는 홀나물 고사리 원추리

내 안에 있는 것과 같은 것이
들과 산으로 죄다 피어나
내 안의 꽃과 만나고 있네
지난겨울 꿈속을 돌아다니더니
내게 인사하고 있네

달랑 나만 남겨놓고
눈보라를 피해 숨고 숨었다가
안과 밖에서 피어나는 꽃
이리 와봐 저리 가봐
바깥의 내가 내 안의 나에게

꽃은 꽃으로 나무는 나무로

저녁은 저녁으로 다가오고 있네
말속의 말로 말 걸고 있네
말 한마디 없는 침묵으로
숱한 말을 가지마다 걸고 있네.

귀가 사는 법

귀를 막으면 손끝 발끝에 귀가 돋는다
뒤가 넓어지는 저수지처럼 귀를 막으면
등짝 무릎 정수리에 귀가 생겨나
꽃잎 벙그는 소리 듣느라
잠시는 몸이 시끄럽거나 난해하다
햇빛도 온몸에 가득 차
잠깐 사이에 뼛속은 꽃밭이 되어
우주로 내통하는 길이
단전 바닥으로 덜컥 걸린다
귓속에는 이승 더듬는 것과 저승을
탐색하는 것이 있어, 귀를 막으면
곳곳에 숨겨둔 귀를 가동시킨다
오랫동안 귀를 막으면
좌심실 우심실에도 귀가 움터
쓸쓸함과 외로움에도 피가 퍼진다
마침내 몸을 죄다 막으면 아예 하나의
귀가 된 몸에 가득 고이는
바다와 육지가 부딪히는 소리

상념을 밀고 달아났다
뼛속으로 달려오는 발자국 소리에
가끔은 상고대 피기도 한다
저수지도 커다란 귀가 되는 날엔
태양과 구름이 높이 걸리고
뒤통수의 귀가 수평선에서 돋으면
밀물과 썰물이 서로 막혔을 때,
안드로메다 성운에 귀가 돋으면
우주의 웃음소리를 듣지만
지금은 골반과 발바닥에 돋아나고 있어,
전생의 소식이 거미줄에 맺히겠다.

제4부

궁핍해서 좋다

아침에 남산 오르는데 햇빛이 주머니를 뒤진다
가을이라 차가워진 손 더듬더니 슬슬 데운다
드문드문 있는 착한 짓에 악한 짓 끼어 있지만
햇빛은 빈손이라며 칭찬하듯이 데우는 어깨,

착한 짓은 늘리고 악한 짓은 줄이라고
서툴거나 더듬거리더라도 햇빛이 비추는 길만
가라고 가만가만 등짝을 데우는 햇빛이다
쓸데없이 주워 먹고 나잇값도 못 하지만,

빈손이어서 좋다 궁핍해서 좋다는 햇빛
그래서 오장 만질 수 있어 좋다는 햇빛
기왕이면 나무처럼 가난해지라는 외로운 숲길
어차피 무덤에 누우면 한 푼마저 털리는 목숨,

미리미리 가난하면 썩을 것이 적어진다며
흙에 묻힐 것이 없어진다는 하늬바람
나무들도 햇빛이 좋은지 죄다 벗어버리고
북풍이 할퀴기 좋은 알몸으로 겨울 앞에 서 있다.

죽음의 질문

가을 되자 죽음의 질문이 속속 도착하고 있다
소나기 몰고 다니던 바람 수상하게 건조하고
눈 부라리던 햇빛이 어느새 기울어져 있다
하루 새 주섬주섬 어디론가 떠나고 있는 숲,
단풍나무엔 죽음의 질문이 새빨갛게 물들었다
완전하게 도착했는지 환하다 못해 화려하다
옻나무도 읽었는지 맑디맑은 죽음의 질문
죽은 질문 아니라 죽음의 질문 바람 불 적마다

골짜기를 씩씩하거나 싱싱하게 오르고 있다
낭떠러지쯤 아무것도 아니라는 것에
참나무 싸리나무 저지선을 마련했다가
죽음의 질문에 오히려 왼몸이 달아버렸다
질문이 달콤하게 밴 사과 배
머루 다래 대추보다 굵직한 자세로 익는 것
한 입 베어 물면 단전에 번지는 죽음의 질문
도라지 더덕은 쌉쌀하다가 달달하게 감긴다

죽음의 질문이 심장에 닿으면 낙엽 지는가

마침내 오솔길로 쌓이기 시작하는 가을
하루 삼십 리 건너뛰며 질문하더니
며칠 만에 설악산 금강산을 뒤덮어버린 것,
드디어 도착했는지 내 가슴도 서늘하다
아무리 옷깃을 여미어도 차가워지는 손과 발
죽은 질문이 발바닥까지 뿌리를 내렸는지
얇은 나무 그림자에도 오소소 돋는 소름이다.

즐거운 폭력

아침엔 그저 강아지 놀듯이 내리는
아이들 볼태기에 한두 송이 앉던
민들레 냉이 드문드문 피듯이
사랑방 할아버지의 헛기침처럼
가끔 생각나다 말다 내리던 눈이,

이불 덮고 누우면 워낭소리 문턱을
넘다 말다 아니면 심심하면 울리는
노승의 할!처럼 문뜩 덤비듯이
마루를 돌아다니거나 가장자리를
겨우 하얗게 쏘다니던 눈이,

슬슬 굵어지다가 갑자기 태도를 바꿔
뭉텅뭉텅 폭설이 내리기 시작한다
하늘나라 대들보가 무너진 양
세상의 용마루를 부러트리려는
폭력이 즐거워 선 채로 눈을 맞자,

정수리를 척척 덮다가

들과 산에 내린 눈보다 열 배 백 배
내 뼛속에 내린 눈으로 캄캄해진
몸을 발바닥까지 부르르 털자
문득, 수십 마리의 새가 날아오른다.

게놈을 읽다

베인 손가락 빨았더니 사자 말 소 고라니의
조상이 걸리고 달팽이 미꾸라지 족보 씹는다
질경이 맨드라미 웃음 원숭이 고릴라의
울음소리 이빨에 걸려 좀처럼 떨어지지 않고,

백악기 쥐라기 쏘다니던 시조새 날갯소리
티라노사우루스 발목인지 자꾸만 목에 걸리고
고래 오징어 문어 갈치 뜨거운 숨결인지
바람 불지 않는데도 잎사귀가 춤을 춘다

예수 부처 공자 맹자 이 피로 살았고
히틀러 모택동 스탈린 머물던 피가
길짐승 날짐승 쏘다니다 내게로 와서
지금은 여름 지나는 산을 구경하고 있다

진달래 개나리 피우던 시절도 있었는지
갑자기 머릿속으로 떠오르는 꽃을 밀고
소나기 우르르 달려가더니 마구 쏟아지는

함박눈에 모든 길이 막혀버린 산골짜기로,

독수리가 토끼 쫓아서 날아오르는데
모란시장에선 개 염소로 팔리는 피다
하나의 그림에 그려져 있는 피의 외출을
햇빛에 데우니 단지 까맣게 마른다 갇힌다.

못과 망치

망치가 다녀갈수록 못은 견고해지는 평화를 만났다
뭉개질수록 흔들리지 않는 자신을 선물로 받았다
바닥이 되도록 내려치자 쉽게 모서리 일치하였고
죽음의 거처에 하늘의 무게가 생생해졌다
망치에게 두들겨 맞을수록 정지(停止)를 삼킨 못,

죽은 이빨에 물릴수록 견고한 행복을 얻었다
바닥과 하나 됨으로 못이라는 이름에서
다른 이름으로 태어났다 바닥으로 못이 사라질 때
망치는 제자리로 돌아갔고 못은 망치를 잊었다
마침내 망치는 바닥으로 못을 잃어버리곤,

지상을 적시는 빗물에 벌겋게 녹슬고 있다
하늘과 땅을 땅과 하늘로 읽어도 좋은 빗방울이
추녀에 매달렸다 달아나는 풍경을 고양이가
제 발목 툭툭 털어버리곤 잠드는 마루
못과 망치를 품고 여름은 속살이 여무는데,

또 다른 망치가 나의 맹지(盲地)를 내려친다

못대가리가 뭉개져 있는데 통증이 없다
주소와 본적도 어둔 쪽으로 휘어지는 것이
무슨 폭력인지 짐작하지만 정수리가 묻히면
낡은 울타리에 한두 송이 호박꽃 피어나,

발바닥 아래를 환하게 비추어주려나 하고
뿌리를 하얗게 내리느라 가는 발목이 시린 오후
모든 술수를 적시는 소나기가 다시 달려온다
봄을 바닥으로 두드려버린 여름이 부러지고 있다
이미 모가지 박혔는지 군데군데 단풍이 도착해 있다.

주차장

열쇠를 뽑자마자 차는 잠들었다
바퀴 빼거나 나사 훔치고
그의 간과 허파를 찌르고
두드리거나 구부려도 깨지 않을 것이다
정차 폐차가 아닌
쉬는 것은 더더욱 아닌
잠속의 잠으로 잠들 것이다
반으로 쪼개어도 깨어나지 않고
눈보라 쳐도 뜨지 않는 나무처럼
시(屍)의 자세를 잃지 않을 것이다
시(屍)의 편안과 조용함을
뺏기지 않을 것이다
마침내 오장육부 떼거나
불 속에 던져도 철저히 죽어 있어
저승사자도 데려가지 못할 것이다
완전한 육탈,
살았으면서 죽었고 죽었으면서
살아 있는 차들이

주차장에서 눈을 맞고 있다
완전하게 죽어 있어 안전하게 내리는
아니 안전하게 죽어 있어
소복소복 쌓이는 눈이다
이승이면서 감쪽같이 저승으로 누운
저승이면서 이승의 눈을 맞는
차에 몸을 기대자,
차고 냉정하게 반론하는 차들이다.

죽로차(竹露茶)

끓는 물을 붓자 해산하듯 몸을 풀더니
겉감 안감에 숨겼던 보따리를 푼다
우두득 뼈가 다시 맞춰지는 소리
살과 피 코드 읽는 소리 들리더니
한여름 팔랑이던 잎사귀를 회복한다

빗방울 튀던 자세 햇빛에 반짝이던 꿈
춤추던 가락이 편안하게 펴진다
구기고 볶아졌지만 끝끝내 지켜낸
자존심 100도씨의 물을 만나니
다 그렇지 뭐, 하며 다정해진다

비바람 눈보라와 나누던 이야기
매미 나비들의 간지러웠던 웃음
아침저녁으로 맺힌 이슬의 무게
바람의 속삭임 일일이 기록했던 것
덤으로 풀어놓는다

밤이면 짐승의 울음에 떨었던 것과

안감에 자꾸 감기던 달무리
독사가 서늘한 그늘에서 쉬다가
가끔 줄기를 타고 오르던 슬픔
찻잔은 담담히 향으로 피운다

잎사귀는 재 되었는지 가라앉는다
해와 달 봄여름이 돌아다니고
몸에 배었던 개구리 소쩍새 울음도
간간이 비치는 녹차
한 생애가 한 획인지 머릿속이 환하다.

폐차에 대한 보고서

쓸모없다 버려진 야적장의 폐차에
개망초가 의자에 앉은 듯 피었다
자동차는 내 것이라는 듯
건들거리며 올라온 칡넝쿨
이미 뒷좌석을 독차지하곤
운전 잘해보라는 듯 눕거나
거드름 피운 잎사귀 검고
무임승차가 미안한지 날름거리는 꽃뱀,

나비는 이것들이 놀고 있네
또는 노는 김에 잘 놀라는 듯이
깨진 유리에 앉아 혼수하는 자세로
날개를 접었다 폈다 한다
자동차는 비로소 꽃을 품었다
민들레 냉이 허파에 피었고
질경이 씀바귀는 단전에서 자라고
이빨에선 엉겅퀴가 웃는다

중량 초과 또는 속도 위반을

열심히 사는 것이라 여겼던
쉬지 않고 달리며 산 것을
후회하고 반성하는 시간
바퀴는 쓰레기장 운전대는 개울가
엔진은 따로국밥이 된 지금에서야
토끼풀 한가롭게 자라는 자동차
아카시아 나무는 골반을 독차지했다.

가출 또는 출가로 사는 법

몸 가출하자니 마음이 출가를 못 할 때
마음 가출하자니 몸이 출가를 못 할 때
가출과 출가를 데리고 산에 숨으니
출가와 가출이 한 가지에서 논다

출가야, 하고 부르면 가출이 대답하고
가출아, 하고 부르면 출가가 소나무
우듬지에서 햇빛에 갈비뼈를 설거지한다
가출도 저녁이면 어두워지는 발목으로,

가출이 앞서다가 뒤서기도 하지만
출가는 탓하거나 모함하지 않는다
가출하지 못하면 옆방으로 출가하고
출가를 못 하면 뒷방으로 가출하면,

세상 사는 일이 가운데로 즐거워진다
솔잎의 물이나 서해 바닷물이나
어차피 같은 족보 같은 핏줄

햇빛이 창문으로 쏴아 쏟아지자,

출가와 가출을 데리고 능선에 앉으니
가지에서 가지로 출가한 잣나무
앞바람에서 뒤바람으로 가출한 산바람
그냥저냥 안팎이 구분 없이 간결해진다.

구제역(口蹄驛)

그해 많은 친구들이 구제역에 머물고 있었다
살다 보니 자신도 모르는 역에 있었다
구제역(驛)이 구제역(疫)으로 읽히는 것은 금세
출구는 거꾸로 연결되었기에
역에서 내린 친구들은
곧장 캄캄한 이빨에 물리고 말았다
길은 좁고 좁아 서로 밟고 할퀴고
물어뜯어야 도착하는지 열흘이나 울음이 들렸다

흙으로 목숨을 가리는 것은 평장(平葬)의 도용
그해 구제역이 처음 생겼다
눈은 속절없이 쌓이고 바람은 가운데로 불고
아무도 달지 않은 누구도 원하지 않은
구제역 간판을 떼어내려고 분주했다
철로도 없이 생긴 역은 으레 비어 있었다
기차가 도착할 수 없는 구제불능 역으로
검불덩이에 굴러다니는 마른 비명이,

복수초에 맺히기도 하지만

봄이 밀어닥칠수록 그 역은 지워졌다
친구들의 울음이 진달래 개나리로 피어날수록
역으로 가는 길은 잡초가 무성해졌고
가랑비가 기억을 아예 씻어낸 웅덩이엔
수상하게 깔린 푸른 하늘로
해와 달 그리고 별은 늘 가운데로 떠올라
여름은 쉽사리 소나기를 몰고 다녔다

친구들의 목숨이 식은 값으로 배달되자
개망초들이 외양간의 주인이 되는 것은
한 해가 다 가기도 전이었다
간간이 개구리를 잡으러 왔다가
덤으로 쥐를 삼킨 뱀들이 부른 배를 들켰지만
벌건 비명이 저승에 도착하지 못하고
개울로 넘친다는 소식은
가을보다 늦게까지 신문에 붉게 남았다.

남극의 눈물

라르센 C* 빙산이 떨어져 나가려 남극의 지도에 선을 긋고
있다
제 이름을 지니려 칼질하느라 낮이건 밤이건 쩌렁쩌렁 울려
남극의 심연은 소문이 불안하다 수억 수십억 년 하나의 나라
한 개의 몸으로 눈보라 견디고 고래와 상어를 길렀던 추억이
점점 쌓이어 산을 이루었는데 빙산은 저 홀로 간직하려는지
자신만의 나라를 세우고 싶은지 남극의 생살을 가르고 있다

억 년이 단숨에 분리되는지 5일 만에 17km가 떠날 채비를
하느라 크레파스가 컴컴하다 육지였던 것이 주소를 잃고
떠다니다 적도의 어느 해안가 야자수 잎을 밀고 다닐까
동백꽃을 제 안에 심었다가 늦가을 어느 산속의 옹달샘
구름이나 띄우고 살고 싶은가 단단하고 견고한 시원
지구의 기억이 쌓인 창고가 골짜기부터 무너지는 것이다

에베레스트보다 큰 빙산을 붙잡으려 남극에는 눈보라 치고
영하 30도를 며칠째 보냈지만 모든 이유가 허망하다며
끝끝내 산굽이 돌아가는 것을 바람이 밀어 올리지만

그럴수록 흩어지는 이별법, 몇 년 뒤에는 남극이 아니고
바닷물이 되어 육지의 수위가 10cm 차오른다는
스페인어로 iceberg라는 빙산을 우리는 berg라고 읽지 못했
다

남극에서 평화롭게 있어야 할 빙산이 손목 발목 잘리고 있다
버거(berg)로 버려지는 빙산이 처음에서 끝끝내 밀려나고
있다
펭귄을 폭력에서 숨겨주거나 범고래를 안아주던
남극의 젖가슴에 금이 가자 바닷물이 솟구쳐 올라 오히려
남극은 분열(fission) 아닌 분열(分裂), 햇빛이 어루만지자
차디차서 소름이 돋는 빙산의 눈물, 남극이 폐업 정리되고
있다!

* 라르센 C : 남극 대륙의 라르센 빙붕 중 하나. 1893년 라르센이 발견
   했으며 라르센 C 빙붕이 가장 컸는데, 2017년 7월 라르센 C의 일부
   가 큰 조각으로 떨어져 나가 빙산이 된 것이 확인되었다.

화사(火蛇) 또는 화사(花蛇)

용광로에서 뱀이 나온다 저승보다

조용했던 쇳덩이 혓바닥 날름거린다

수백 수천 마리의 뱀이

하나의 뱀으로 쏟아지는

단지 철광석 고철이었던 것이

죽은 뱀이었던 쇳덩어리가

혓바닥 싱싱하게 꽃피우며

꽃보다 환하게 웃으며

무너지거나 쏟아지는

그러면서 덥기보다 뜨거운

느끼하기보다 격렬한 피

징그럽거나 서늘한 불꽃 없는 울음을

관에 붓자 까맣게 몸부림친다

희열과 슬픔이 하나의 자세로 식는다

철근으로 누운 뱀을

두들기자 안으로 몸부림치는 화사(火蛇),

호미 괭이 삽으로 걸리고

절에서는 종으로 매달렸다

화사(火蛇) 또는 화사(花蛇)가 되어

제 것인 양 대담하게 난동 부리다가

범종으로 걸린 옆구리를 치자

수만 마리의 뱀이 쏟아져 나와

귓속에 숨은 개구리 쥐를 먹고

알지 못한 짐승을 쫓아내고

다시 종으로 돌아간다

아무 때나 쳐도 뱀은 쏟아지지만

아침저녁 치는 것이

같은 뱀이라도 효험 있다는 소문,

용광로에서 뱀이 나온다

한 점 죄 없는 싱싱한 뱀이

기쁨과 슬픔을 하나로 섞어버린

뱀이 다시금 내게 하얗게 웃는다.

나도 내게 반성하기로 했다

현대중공업에서 친구들과 퇴근하는 길
자동차가 팔다리 뭉개버려
의사가 일 년간 이리저리 째고 꿰맬 때
가끔 저승으로 등짝을 세웠다
너덜너덜해진 몸을 이끌고
고향으로 돌아와 농사를 짓자
사람들이 근심 어린 눈빛으로
나를 이리저리 끌고 다닐 때
허드레 웃음엔 데지 않으려
먼저 그들의 뺨에 웃음을 던졌다

밤에는 할 일 없는 농사
소설 시 쓴답시고 툭하면 밤새우다
어둠에 이르는 열매를 따 먹고
발목을 흙에 심은 수도원에서
수사님들의 속옷을 빨 때에
자존심은 빨지 않으려 어금니를 물었다
마른 바람이 뼛속을 돌아다니는

수도원에 있는 책을 죄다 읽자
그만 툭 끊어진 수도원 허리띠
늦가을에 남루를 다시 입으니,

수도원 원장 신부가
차비하라고 준 오만 원으로
허름한 중국집에서 짜장면 사 먹을 때
목구멍이 캄캄해지도록 막걸리 부었다
세상에서 살아남기 위해
먼저 나에게 반성을 마구 베풀었다
이 꼭지 저 꼭지 돌리고
이 자리 저 자리에 돌아다니다
그림자가 종장을 잽싸게 접으면,
아침엔 눈발이 신발에 늘 섞여 있었다.

무엇을 위한 시인인가

서대문형무소는 지금도 형벌을 기억하는데
친일문학의 꽃을 흔드는 자는 누구인가
비명과 고통의 울음이 얼어붙어 있는데
친일의 손목을 잡아주는 그는 누구인가
2017년의 겨울 서대문 형무소에는 아직도
독립운동의 한숨과 절규가 남았는데,

한국프레스센터 19층에서는 친일의 미소를
온몸으로 껴안고 체온을 나눈다
밖에는 눈보라 치고 찬바람 불고 있는데
친일문학의 술과 떡을 나누어 먹고
상과 상금을 주고받으며 웃는 시인이여
친일의 밥그릇으로 배부른 시인이여

친일의 꽃가지를 머리에 꽂지 마라
친일의 붓으로 시를 쓰지 마라
너는 과연 대한민국의 시인인가
너는 이 나라 이 민족의 시인인가

서대문형무소의 바닥은 아직도 차가운데
친일문학의 불에 몸을 데우는 자여

나라와 민족을 걱정해야 할 시인이
앞장서서 배반의 월계관을 쓰고 있구나
친일의 피와 살로 살이 찌고
사쿠라를 알몸으로 흠향하고 있구나
시인은 시대의 등불 시대의 양심 아니던가
시인은 시대의 사제 시대의 신탁 아니던가.

칼의 노래

— 이순신, 일휘소탕 혈염산하(一揮掃蕩 血染山河)

불을 먹고도 칼은 차갑다

온몸에 불을 가두고도 식은 칼이다

먹은 불이 칼보다 무거웠는데

불은 칼만 남겨놓았다

불을 삼키고 싱싱해진 칼

칼을 먹고 오히려 칼이 된 불,

두드리면 아직도 불꽃이 핀다

살아 있는 한 꺼지지 않고

불이 있는 한 죽지 못하는 천형이

세월 흐를수록 푸릇푸릇하다

돌에 갈 적마다 몸속 깊이깊이

새겨지는 불,

칼을 만지면 불은 만져지지 않고

칼만 반짝인다

불꽃을 움켜쥐려 하지만

칼의 무게만 곧게 쥐어진다

불의 자취가 보이지 않을수록
반짝이는 칼,

칼보다 먼저 달려 나가고
불보다 먼저 돌아오는 침묵이
모든 소음을 품은 것처럼
칼은 불 속에 있다
불을 밴 칼, 칼을 품은 칼집이
지금도 시보다 자세가 견고하다.

삼척서천 산하동색 일휘소탕 혈염산하
(三尺誓天 山河動色 一揮掃蕩 血染山河)

　　칼을 가는 동안 대나무 바람에 갈리는 소리 떨어지는 물통에 보름달 둥그렇게 떠올라 칼 갈리는 소릴 엿듣는지 웃으면서 말이 없다가 달처럼 둥그렇게 하라는 훈계인지 대나무 사이로 다른 보름달이 다시 내려다보는 밤은 막다른 데로 가을이 걸려 있어 서릿발 쑥쑥 자라나는 대나무밭은 적막하면서 수상한 소리 혓바닥 날름거리는 날 선 침묵에 소름이 금세 대오를 치는 손목 굳게 쥐고 오히려 고요한 바닥에 냉정한 자세를 밑바닥에 깔면 대나무 소리는 청량하고 만다

　　칼 갈 적마다 감나무 그림자 등짝으로 다가와 발자국 검지만 무덤의 꽃처럼 차갑지 않은 무게로 노는 듯 있고 멈추면서 슬슬 울타리 넘어가는 솜씨를 눈치채지 못하고 마르는 호박넝쿨은 서리가 몇 번 다녀가서 덩그러니 늙은 호박은 제자리보다 한 발짝 물러나 있어 칼 가는 소리 돌아오지 않고 저승으로 곧장 무너지는지 서늘하다가 쓸쓸하고 막막하다 안온해지는 것 수직으로 쓰이길 바라는 칼이지만 다시 불을 넣으면 보름달처럼 환해지는 칼이라는 문장이 물통에

달처럼 뜬다

　칼을 만나는 것은 울돌목에 머무는 시간 비바람 눈보라에 보이지 않을 때 지면 구겨져 있을 때 칼을 만나러 가면 억만년 전의 다시 억만년 전으로 있는 바다에 대면 보인다 칼을 만나는 것은 죽음의 선물 길이 길로 가로막고 바다 한가운데로 질문이 풀어졌을 때 칼을 만나면 마중 나오는 해안선이 있다 그 물결에 뉘이면 겨울의 수평선과 일치하며 길을 내며 앞서는 산 그림자를 만나는 것은 뜨거운 낙화 쓸쓸할 때 빈손으로 가도 돌아온 길과 돌아갈 길이 풀어져 칼이 된 하늘이 있는,

　칼을 가는 밤은 환하다 못해 비어 있어 빈 데가 없고 빈데가 없으면서 돌아가 있어 대나무 숲은 적막하다 대나무들이 서로에게 몸을 비비는 것 같지만 서로의 칼을 갈아주는 소리 자기의 칼로 자기를 갈지 않고 갈아주느라 서로 베이면서 벌건 피를 감쪽같이 감추곤 하늘 높이 한 마장 높이 보이는 푸른 하늘이 명량으로 가깝게 다가와 대나무 숲에 머

무는, 숫돌에 칼 가는 시간은 그래서 잠깐은 대나무가 되는 시간이다.

역설의 시학

맹문재

1.

『금강삼매경론』의 본각리품(本覺利品)에는 다음과 같은 일화가 실려 있다. "미혹한 아들이 손에 금전을 쥐고 있으면서도 가지고 있는 줄 알지 못하고, 온갖 곳으로 돌아다니며 오십 년을 지냈다. 가난하고 궁핍하며 곤란하고 괴로워져서 일을 구하여 몸을 유지하려 하였으나 충분하지 않았다. 그 아비가 아들에게 이러한 일이 있음을 알고서 아들에게 말하였다. '너는 금전을 가지고 있으면서 어째서 사용하지 않느냐? 네 뜻대로 사용하면 모두 충족함을 얻을 것이다.' 그 아들이 깨닫고 나서 금전을 얻어 마음으로 크게 기뻐하며 돈을 얻었다고 말하였다. 그 아비가 말하였다. '미혹한 아들아, 기뻐하지 말아라. 얻은 바의 금전은 네가 본래 가지고 있던 물건이지 네가 얻은 것이 아니니, 무엇이 기뻐할 만하겠는가?'"

---

1 은정희 · 송진현 역주, 『원효의 금강삼매경론』, 일지사, 2004, 297쪽.

위의 부처님 말씀에서 "미혹한 아들"은 자기 마음의 근원을 알지 못하는 중생을 가리킨다. 그리고 "손에 금전을 쥐고 있으면서도 가지고 있는 줄 알지 못"했다는 것은 속박의 번뇌로 인해 집착하는 마음이 생겨 자신에게 맑은 마음이 존재하는 줄 모르는 것을 의미한다. 부처님은 중생에게 맑은 마음을 가지고 있으니 마땅히 믿고 쓰면 오염되지 않는 본래의 청정한 깨달음과 법신의 생명을 갖게 되리라고 일러준 것이다. 부처님의 가르침을 받은 중생은 맑은 마음을 얻었다고 지극히 환희한다. 부처님은 그와 같은 모습을 바라보고 그 마음은 본래 모든 사람에게 속해 있는 것이지 비로소 소유하게 된 것이 아니니 기뻐할 일이 아니라고 다시 일러준다. 얻은 것에 집착하는 마음은 옳지 않기에 미리 막아준 것이다.

위의 일화에서 불교적 진리를 전달하는 방법이 주목된다. 미혹한 아들, 금전, 오십 년, 가난, 궁핍, 곤란, 괴로움, 충족, 물건, 기쁨 등의 어휘는 단순히 대상이나 상황을 지칭하는 것이 아니라 불교적 진리를 역설적으로 전하는 데 역할을 하고 있다. 그리하여 "미혹한 아들아, 기뻐하지 말아라. 얻은 바의 금전은 네가 본래 가지고 있던 물건이지 네가 얻은 것이 아니니, 무엇이 기뻐할 만하겠는가?"라고 마무리 짓는 부처님의 말씀은 불교적 진리를 한층 더 심화시킨다.

이와 같이 역설은 부분적인 차원을 넘어 구조적이고 문맥적이고 상황적인 표현이다. 상식적인 관점을 뛰어넘는 문체로 이 세계의 본질을 새롭게 인식시킨다. 그지없이 복잡한 이 세계를 단순하게 규정하거나 자의적으로 분류하거나 관습적으로 명명하지 않고 심층적으로 이해하는 것이다.

역설은 강태승 시인의 시 세계를 형성하는 토대이자 추구하는 가치이고 지향하는 문체이다. 시인은 이 세계의 대상들을 모순되게 묘사하면서 본질의 의미를 새롭게 인식하고 있다. 이 세계의 본질 혹은 진리를 단순하게 나타낼 수 없음을 체득하고 인습화된 지각을 넘는 모순어법으로 부각시키고 있는 것이다.

2.

사자가 목을 물자 네 발로 허공을 걸어가는 물소
물소의 눈빛 추억 이념 가족의 근황은 묻지 않고
뱃속에 저장된 수만 송이 꽃과 풀잎 속의 햇빛
달빛의 무게에 춘하추동 화인(火印)은 보지 않고,

사자는 물소의 목숨에 이빨을 박고 매달렸다
단지 배고플 뿐이고 고픈 이전으로 가야 한다
목숨이 아니라 부른 배이고 싶다는 사자와
네가 문 것은 아들이 기다리는 어미의 목이라는,

풍경을 경치로 저물고 있는 세렝게티
침묵 이전의 이전으로 가라앉고 있는 벌판
무슨 대화가 노을이 배경으로 깔리고 서늘한가
죽어야 하는 살아야 하는 시간이 저리 아늑한가

물소는 제 몸을 버리고 아들에게 돌아갔다
소가 던지고 간 고기로 배고픔을 잊은 사자

물소와 끝내 한마디 대화하지 못하고
사자에게 끝끝내 한마디 건네지 못한 하루가,

물소의 뼈만 벌판에 남긴 채 어두워지기 시작하는
강둑에선 하마를 질문하듯이 물어뜯는 하이에나
정답인 양 남은 코끼리의 뼈를 탐색하는 독수리
표범은 나무 위에서 발톱을 슬슬 긁고 있다.

　　　　　　　　　　　　　　　—「격렬한 대화」 전문

　위의 작품에서 "사자가 목을 물자 네 발로 허공을 걸어가는 물소"의 모습이 역력하다. "사자"는 "물소의 눈빛 추억 이념 가족의 근황은 묻지 않"을 뿐만 아니라 "뱃속에 저장된 수만 송이 꽃과 풀잎 속의 햇빛"이며 "달빛의 무게에 춘하추동 화인(火印)"도 보지 않는다. "사자"는 "단지 배고플 뿐"이어서 "고픈 이전으로 가"려고 "물소의 목숨에 이빨을 박고 매달"리는 것이다.

　작품의 화자는 "목숨이 아니라 부른 배이고 싶다는 사자와/네가 문 것은 아들이 기다리는 어미의 목이라는" 장면을 하염없이 바라보고 있다. "침묵 이전의 이전으로 가라앉고 있는 벌판"을 바라보며 "무슨 대화가 노을이 배경으로 깔리고 서늘한가"라고, "죽어야 하는 살아야 하는 시간이 저리 아늑한가"라고 묻는다. 알지 못하는 것에 관한 질문이 아니라 깨달음의 표현이다. 가해자와 피해자 중 어느 편을 일방적으로 들 수 없다는 것을 인정하고 옳고 그름의 차원을 넘어 삶과 죽음의 본질을 인식하는 것이다.

　그리하여 화자는 두 존재의 운명을 최대한 긍정한다. "제 몸을 버리고 아들에게 돌아"간 "물소"와 "소가 던지고 간 고기로 배고픔

146

을 잊은 사자"의 운명을 인정하는 것이다. 생을 다한 한쪽과 생을 시작하는 다른 한쪽의 운명을 모두 받아들이는 것이다. 그리하여 "물소와 끝내 한마디 대화하지 못하고/사자에게 끝끝내 한마디 건네지 못한 하루가,/물소의 뼈만 벌판에 남긴 채 어두워지기 시작"하는 모습으로 대화한다.

　위의 작품의 제목이 "격렬한 대화"이지만 "사자"와 "물소" 사이에는 어떤 대화도 없다. 단지 죽이고 죽는 상황만 보인다. 그렇지만 이와 같은 상황을 통해 더 많은 대화를 들을 수 있다. 역설을 통해 이 세계의 본질 혹은 진리를 더욱 인식하게 되는 것이다. 생존 조건이 절박한 세렝게티의 "사자"와 "물소" 간의 "대화"란 인간이 관습적으로 알고 있는 것과는 차원이 다르다. 그들에게 "대화"는 서로 마주 보며 이야기를 주고받는 여유나 분위기의 상황이 아니라 생사가 놓여 있을 뿐이다. 그것이 자연계의 엄연한 본질인 것이다.

　　독수리가 토끼의 과녁에 발톱을 넣었다
　　뻥 뚫리자 푸른 하늘이 출렁거렸다
　　나뭇잎들이 긴장하다가 나풀거렸고
　　부엉이는 저녁을 과녁으로 대신하였다
　　산토끼의 중심을 훼손한 것이
　　부엉이인가 바람인가 날씨인가

　　분분한 의견이 산비탈로 피었다
　　색다른 의견도 있었지만 한통속
　　발톱은 과거까지 움켜쥐고

토끼를 고깃덩이로 정리하였다
자작나무를 향해 뛰던 발목을 잃고
핏물을 뚝뚝 흘리는 토끼,

그림자가 대충 골짜기를 덮고 있다
냇물은 슬쩍슬쩍 뒤집혀 흐르고
처음인 척 그냥 그렇게 뜨는 샛별
토끼의 발목 눈매 살점이
독수리의 허파 심장으로 환원되어
다시 토끼의 간을 빼 먹을 때,

내 손톱 발톱도 잠시 가려웠거나
손목 발목으로 뱀이 날름거린 통증에
입술이 모서리로 실룩거리는 오후
토끼를 찢고 독수리 날아간 가지로
슬슬 놀러 오는 보름달,
잎사귀마다 물방울이 점점 굵어진다.

― 「대화의 기원」 전문

위의 작품에서 "독수리가 토끼의 과녁에 발톱을 넣"자 "푸른 하늘이 출렁거렸다". 과녁이 "뻥 뚫리"는 돌발적인 상황으로 말미암아 "나뭇잎들이 긴장하"였고 "부엉이는 저녁을 과녁으로 대신하였다". 그렇지만 "나뭇잎"들은 금세 "나풀거렸고" "산토끼의 중심을 훼손한 것이/부엉이인가 바람인가 날씨인가"를 생각할 정도로 여유를 찾았다. "분분한 의견이 산비탈로 피"어 "색다른 의견도 있었지만" 결국 "발톱은 과거까지 움켜쥐고/토끼를 고깃덩이로 정리하"는 것으로 마무리되었다. 그리하여 "자작나무를 향해 뛰던 발목을 잃고/핏물을 뚝뚝 흘리는 토끼,/그림자가 대충 골짜기를 덮고 있다". "냇물은 슬쩍슬쩍 뒤집혀 흐르고" "샛별"은 "처음인 척 그냥 그렇게 뜨"고 있다. 또한 "토끼의 발목 눈매 살점이/독수리 의 허파 심장으로 환원되어/다시 토끼의 간을 빼 먹"는 동안 "토 끼를 찢고 독수리 날아간 가지로/슬슬 놀러 오는 보름달"이 있고, "잎사귀마다 물방울이 점점 굵어"지고 있다.

위의 작품에서 보듯이 "대화의 기원"은 어디에서도 찾아볼 수 없다. 서로 마주 보며 이야기를 주고받는 상황을 볼 수 없는 것이 다. 그런데도 불구하고 이 세계의 본질이 얼마나 복잡하고 엄정 한 것인지 여실하게 확인된다. 이와 같은 면은 개구리가 뱀 앞에 서 반항하였지만 끝내 잡아먹힐 수밖에 없는 상황을 그린 「뱀의 대화법」에서도 여실하다. 개구리와 뱀의 대화는 보이지 않지만 자연계의 질서를 구체적으로 보여주는 것이다.

이렇듯 작품의 화자는 역설을 통한 대화를 추구하고 있다. 인 간의 대화란 서로의 관심사를 주고받는 것으로 생사를 다툴 정도 로 심각한 상황이 아닐뿐더러 정신적인 면으로 여겨왔다. 그에 비해 사자와 물소, 독수리와 산토끼, 뱀과 개구리 간의 사투는 새 로운 차원의 대화이다. 생존을 위한 그들의 대화는 죽음을 배수 진으로 친 것이어서 인간의 대화보다 육체적이고 피를 튀기는 것 이다.

3.

　김 시인은 신춘문예에 백 번 떨어졌다
　장 시인은 삼백 번 떨어졌다 하고
　최 시인은 웃으면서 오백 번 하면서
　술잔을 돌리다가 한 잔 더 마신다

　나는 속으로 천 번 떨어졌다고
　하려다 문득 얼마나 무능하면!
　핀잔 들을까 봐 가만히 웃으면서
　연거푸 석 잔을 마시다가

　에헤라 꽃이 많이 떨어졌으니
　그만큼 열매도 맺히지 않을까
　하고 말하고 싶었지만
　저마다 타고난 시기에 꽃이 피고,

　열매 맺는 것이 아닐까 하면서
　다시 석 잔을 혼자서 마시니
　뼛속마다 함빡 피었는지 볼이 붉다
　아, 또 떨어질 꽃잎이 많아 좋구나!

　　　　　　　　　　　　　　—「낙화」 전문

　위의 작품에서 화자를 비롯한 네 명의 시인은 술좌석에서 "신춘문예"에 낙선한 일을 고백하고 있다. 가령 "김 시인은 신춘문예에 백 번 떨어졌다"고 하고, "장 시인은 삼백 번 떨어졌다 하고/최 시인은 웃으면서 오백 번" 떨어졌다고 밝힌다. 시인들은 실패한 과거사를 꺼내면서 부끄러워하지 않는다. 자랑할 만한 일은 아니지만 그렇다고 절망하거나 좌절하지 않는다. 그리하여 "술잔을 돌리다가 한 잔 더 마"시는 것이다.

작품의 화자는 다른 시인들의 고백을 들으면서 자신은 "천 번 떨어졌다고/하려다 문득 얼마나 무능하면!/핀잔 들을까 봐 가만히 웃"는다. 그 대신 "연거푸 석 잔을 마"신다. 그러면서 "에헤라, 꽃이 많이 떨어졌으니/그만큼 열매도 맺히지 않을까?/하고 말하"려다가 "저마다 타고난 시기에 꽃이 피고,/열매 맺는 것이 아닐까 하"는 생각이 들어 그만둔다. 그리하여 또다시 "석 잔을 혼자서 마"신다. "뼛속마다 함빡 피었는지 볼이 붉"고 "또 떨어질 꽃잎이 많아 좋구나!" 하는 생각을 한다.

"신춘문예" 낙방은 어떤 시인들에게는 아무 일도 아닐 수 있지만, 어떤 시인들에게는 중요한 일이다. 시인마다 시를 쓰는 목적이 다르고 독자와의 소통 방법도 다르지만, "신춘문예" 등단을 희망하는 이들에게는 매우 중요한 것이다. 따라서 그들에게 "신문춘예" 낙방은 절망스럽고 고통스럽다. 화자는 그와 같은 상황에서도 "떨어질 꽃잎이 많아 좋구나"라고 생각한다. 떨어질수록 열매를 맺을 수 있다고 긍정하는 것이다.

이렇듯 탈출구가 보이지 않는 상황에서 자신을 포기하지 않고 지키는 것이 역설이다. 운명을 탓하지 않고 자신을 끌어안는 힘을 발휘하는 것이다. "역설에 동의한다는 것은 곧 고통을 받아들인다는 의미이다. 이는 자아보다 훨씬 큰 세계를 의미한다. 이러한 체험은 우리가 더 이상 앞으로 나아갈 수 없다고 느끼는 지점, 해결책이라곤 전혀 없어 보이는 바로 그 지점에서 정확하게 일어난다. 이 순간은 자기 자신보다 훨씬 더 큰 곳으로부터 초대를 받은 순간이다."[2]

눈물 빵에는 하늘의 살점이 있다
땀에 젖은 빵에는 분노가 있다
기쁨 슬픔 그리고 사랑 소망 있다
눈물 젖은 빵에만 있는 허기의 꽃

한 조각으로 점심을 때울 때
맹물만 마실 때 꽃을 마시고 있다
반찬으로 저녁을 채울 때에도
누구든 하늘을 뜯어 먹고 있다

그마저 없어 새벽 공기만 마실 때
버스가 뿜어대는 연기를 마실 때
나뭇잎 소리만 귀에 가득 찰 때는
하늘의 꽃을 통째로 먹고 있다

그때를 못 잊어 나는 가끔
허기의 허기 속으로 들어간다
몸이 진흙에 굴러다녔을 때에도
언제나 쏠쏠히 기다리고 있는 꽃,

이는 직각의 인간에게 마련된

2 로버트 존슨, 『당신의 그림자가 울고 있다』, 고혜경 역, 에코의서재, 2007, 116~117쪽.

하늘의 선물 또는 비서(秘書)
빌딩의 웃음이 옷자락에 묻어도
언제나 알몸으로 맞이하는 꽃이다.

—「허기의 꽃」 전문

위의 작품의 화자는 "눈물 빵에는 하늘의 살점이 있다"고 토로한다. 이와 같은 인식은 "땀에 젖은 빵에는 분노가 있"기도 하지만 "기쁨 슬픔 그리고 사랑 소망"이 있기도 하다는 것이다. 그리하여 화자는 "한 조각으로 점심을 때울 때"나 "맹물만 마실 때"에도 "꽃을 마시고 있다"고, "반찬으로 저녁을 채울 때"에도 "하늘을 뜯어먹고 있다"고 제시한다. "그마저 없어 새벽 공기만 마실 때"나 "버스가 뿜어대는 연기를 마실 때"나 "나뭇잎 소리만 귀에 가득 찰 때는/하늘의 꽃을 통째로 먹"었다고 밝힌다.

작품의 화자는 "그때를 못 잊어 나는 가끔/허기의 허기 속으로 들어간다"고 토로한다. "몸이 진흙에 굴러다녔을 때에도/언제나 쓸쓸히 기다리고 있는 꽃"을 잊을 수 없어 찾는다는 것이다. 이와 같이 화자는 "허기"를 부정적으로 대하지 않고 거부하거나 회피하지도 않는다. 오히려 "직각의 인간에게 마련된/하늘의 선물 또는 비서(秘書)"라고 긍정한다. "빌딩의 웃음이 옷자락에 묻어도/언제나 알몸으로 맞이하는 꽃"이라고 품는다. 이렇듯 화자는 "허기"를 외면하거나 망각하지 않고 역설로써 "허기"의 힘듦과 슬픔을 각인하고 있는 것이다.

이와 같이 화자의 역설은 삶의 체험을 통해 획득한 것이다. "일곱 번 수술하자 제자리 잡은 이목구비/퇴원하는 날" "어머니의 아들 아들의 어머니로 웃자,/나비들이 뒷덜미에서 소리 없이 자꾸"(「나비의 울음」) 우는 슬픔을 겪었을 뿐만 아니라, "허름한 중국집에서 짜장면 사 먹을 때/목구멍이 캄캄해지도록 막걸리 부"으며 "세상에서 살아남기 위해/먼저 나에게 반성을 마구 베풀"(「나도 내게 반성하기로 했다」)기도 했다. 화자는 도망칠 구멍이라고는 없는 막다른 골목에 함몰되지 않고 자신의 길을 찾아낸 것이다.

4.

함박눈이 모든 상처를 덮듯이 내리는 날
참나무를 톱으로 벤다 모든 눈물 닦듯이
폭설 내리는 오후 백 년 생 참나무를 벤다
참나무 베는데 모든 나무가 말이 없다
백 년 세월이 잘리는데 아무도 말이 없다
밑동 잘리는데도 도망치지 않는 나무,

비명 한마디 새어 나오지 않는다
울음과 눈물 한 방울 흘리지 않는다
제 몸 잘리고 있는데도 꿈꾸는 나무
톱질하는 소리 제 뼛속으로 울리는데도
제 뼈 잘리는 소리 제 몸속에 가득해도
참나무는 톱질을 결코 방해하지 않는다

커다란 상처엔 눈물도 나지 않는가
눈물 없는 상처는 이리 조용한가
눈이 내리듯이 나무는 끝내 쓰러진다

참나무가 제 몸 부러질 때 마지막 한 말

땅바닥에 떨어지기 전에 참새들이

폭설 속으로 날아오르는 하늘은 검다

— 「눈물 또는 상처」 전문

위의 작품의 화자는 "함박눈이 모든 상처를 덮듯이 내리는 날/ 참나무를 톱으로 벤다" "백 년 생"인 "참나무 베는데 모든 나무가 말이 없다". 그와 같은 모습은 사자가 물소의 목을 물고 생명을 끊는 동안에도, 독수리가 산토끼를 먹잇감으로 낚아채 옮겨가는 동안도, 뱀이 개구리를 입에 넣고 삼키는 동안에도 마찬가지이다. 생존을 위한 존재들의 사투는 타자의 간섭을 허용하지 않을 정도로 절박한 것이다.

죽임을 당하는 나무는 "밑동 잘리는데도" "도망치지 않는"다. "비명 한마디 새어 나오지 않"고, "울음과 눈물 한 방울 흘리지 않"고, "제 몸 잘리고 있는데도 꿈꾸"고 있다. "톱질하는 소리 제 뼛속으로 울리는데도/제 뼈 잘리는 소리 제 몸속에 가득해도/참나무는 톱질을 결코 방해하지 않는" 것이다. 화자는 "커다란 상처엔 눈물도 나지 않는가"라고 묻는다. "눈물 없는 상처는 이리 조용한가"라고 묻기도 한다. 그리하여 "눈이 내리듯이 나무는 끝내 쓰러"지고 말지만, 화자는 의연함에 고개를 숙인다. 자신의 운명을 기꺼이 감내하는 위대하고 숭고한 생의 자세에 경의를 표하는 것이다.

화자의 나무에 대한 이와 같은 자세는 "함박눈이 가득 몰아칠수록 선명해지는 나이테에/나무는 싱싱해지는 침묵으로 겨울을 걸어간다"(「허물벗기」)라는 데서도 볼 수 있다. "죽어도 죽지 않는 것이 있다며/끝내 죽을 수 없는 것이 있다며/이승을 적시고 있는 나무"(「그루터기」), "수만 그루의 염(殮)을 한마디 새어나오지 않고/울음 슬픔 따위는 아예 들키지 않는 나무"(「입관」)라고 묘사한 데서도 확인된다.

백겁 천겁 돌아온 물방울이 잎사귀에 쉬고 있다
뒷동산 한 바퀴 돌고 온 것처럼 달려 있다
할머니가 사랑방 뜨락을 헛일 삼아 다녀오듯이
억겁의 억겁 걸어온 물방울
죽은 고라니의 눈썹 적시던 물방울이
아이의 눈망울로 바라보다가
볍씨 눈 뜨듯이 안녕? 병아리 몸짓으로 안녕?
육지를 밀고 강물 기름지게 하던 이력이
증명서도 없이 안녕? 한다
선과 악 음지와 양지였던 시절을
발설치 않고 지나가는 시간처럼 안녕?
살인자의 피 예수 부처 나이팅게일의
땀방울이었던 것이 거꾸로 매달린 채 안녕?
잎사귀 차별하지 않고
마련한 살림살이에 새소리 물소리 깃들었다
바람이 발목 담그니 툭 떨어지는
간결하지만 깨끗한 저항
솔잎은 한 방울 꿰려 이내빛에 슬쩍 얹은 웃음
오장(五臟)이 환하게 들여다보이지만
울타리 없어 찾을 수 없는 문

그 문 열고 햇빛이 들었어도 무게가 늘지 않고

천 개 달이 떠도 소란스럽지 않은 물방울이

천겁 만겁 여행을 했어도 햇순처럼 안녕?

다시 가야 할 억겁의 속으로

주춤거리거나 망설임 없이 무너지면서

내 눈과 찰나로 마주치자 안녕? 한다.

― 「물방울의 발설」 전문

위의 작품의 화자는 잎사귀에 매달린 물방울을 긍정적으로 그리고 있다. "백겁 천겁 돌아온 물방울이 잎사귀에 쉬고 있"는 모습으로, "뒷동산 한 바퀴 돌고 온" 모습으로, "할머니가 사랑방 뜨락을 헛일 삼아 다녀오듯이/억겁의 억겁 걸어온" 모습으로 묘사하고 있는 것이다. "죽은 고라니의 눈썹 적시던 물방울이/아이의 눈망울로 바라보다가/볍씨 눈 뜨듯이 안녕? 병아리 몸짓으로 안녕?" 하는 모습으로도 그리고 있다.

화자는 "물방울"의 다른 면까지 인식하고 있다. "물방울"을 단순히 긍정하는 것이 아니라 복합적인 인식의 토대 위에서 본질적인 면을 파악하고 있는 것이다. "선과 악 음지와 양지였던 시절을/발설치 않고 지나가는 시간처럼 안녕?"이라고 한 것이 그러하다. 선한 면을 지녔을 뿐만 아니라 악한 면을 지닌 것을, 양지에 존재할 뿐만 아니라 음지에 존재하는 것을 파악했다. "살인자의 피"일 뿐만 아니라 "예수 부처 나이팅게일의/땀방울"인 것도 인식했다. 그리하여 화자는 "물방울"이 "거꾸로 매달린 채 안녕?" 하는 것을 듣는다.

"물방울"에는 "잎사귀 차별하지 않고/마련한 살림살이에 새소리 물소리 깃들"어 있다. "솔잎은 한 방울 꾀려 이내빛에 슬쩍 얹은 웃음/오장(五臟)이 환하게 들여다보이지만/울타리 없어 찾을 수 없는 문"이 있기도 하다. 뿐만 아니라 "물방울"의 "문 열고 햇빛이 들었어도 무게가 늘지 않고/천 개 달이 떠도 소란스럽지 않"다. "바람이 발목 담그니 툭 떨어지는/간결하지만 깨끗한 저항"을 내보이기도 한다. 그와 같은 "물방울"이기에 "천겁 만겁 여행을 했어도 햇순처럼 안녕?" 한다. "다시 가야 할 억겁의 속으로/주춤거리거나 망설임 없이 무너지면서/내 눈과 찰나로 마주치자 안녕?" 하는 것이다.

이렇듯 "물방울"은 죽은 고라니의 눈썹을 적시는 존재일 뿐만 아니라 아이의 눈망울이기도 하다. 악의 존재일 뿐만 아니라 선의 존재이기도 하고, 음지의 존재일 뿐만 아니라 양지의 존재이기도 하다. 살인자의 피이기도 하고 예수나 부처나 나이팅게일의 땀방울이기도 하다. 울타리가 없어 문을 찾을 수 없지만 문이 있기에 햇빛은 열고 들어간다. 햇빛이 들어도 무게는 늘지 않고, 천개의 달이 떠도 소란스럽지 않다. 새소리며 물소리가 깃들어도 마찬가지이다. "물방울"은 바람이 발목을 담그는 상황에 맞서 저항하면서도 깨끗하고 간결하게 떨어진다. 천겁 만겁의 여행을 하고 돌아왔지만 다시 억겁 속으로 들어간다. 찰나적인 존재이면서 영원한 존재이다. 자신의 운명 앞에서 주춤거리거나 망설이지 않고 기꺼이 무너지면서도 안녕이라고 인사하는 것이다.

이와 같이 화자는 역설로써 대상의 본질 혹은 진리를 총체적으로 인식한다. 대상과의 거리를 유지하고 주관성을 억제하고 이미

지를 집중해 존재의 의의를 부각시키는 것이다. 그리하여 존재의 하강과 상승, 슬픔과 기쁨, 어둠과 밝음, 절망과 희망, 소멸과 영원 등이 배제되지 않는다. 화자는 자신의 의지를 반영해 설명하거나 의도를 가지고 사건화하지 않고 본질 자체를 살린다. 감정의 과잉을 절제하고 인식을 무겁게 하며 묘사의 문체를 견고하게 만드는 것이다.

孟文在 | 문학평론가 · 안양대 교수

푸른사상 시선 121

격렬한 대화